Impara
l'italiano
in 6 mesi A1

從零開始｜6個月就是要你學會義大利語

6個月學會義大利語A1

新版

Giancarlo Zecchino（江書宏）、吳若楠 合著
葛祖尹 插畫

Paolo Francesca Claudio Giulia Luca Sofia Silvia Giacomo

作者序

學會義大利語：你可以的！

　　我在當學生的歲月裡，最欣賞的外語老師不是照表操課趕進度的那種，而是循循善誘幫助我瞭解如何有效習得外語的那些老師。所以，我自己開始教授義大利語的時候，我為自己定下了一個目標，我想要替學生研發設計一套速成速效的義大利語課程。我認為，一位外語老師的角色不僅僅在於給學生上課、出作業、改作業、設計考卷、改考卷等，專業的教師必須設計出可以幫助學生輕鬆學會外語的練習和教材。

　　目前，市面上針對華語母語者所設計的義大利語教材寥寥無幾，而且程度不是太難就是過度簡單。此外，全義大利語的教材是專為西方學生而設計的，對西方學生而言難度不高，因為他們的母語與義大利語有不少共同處，但對華語母語者而言，這樣的教材顯得既艱澀又枯燥乏味，因為難以上手的工具只會降低學習動機。為了彌補這一點，有些出版社將這些教材中文化，這個做法雖然解決了部分的問題，但整體而言教材的難度仍然過高，因為華語母語者在思考邏輯和語言結構等方面都與西方學生大不相同。結果是，採用這些教材來教導華語母語者的老師必須下雙倍的功夫，額外準備大量的補充資料和習題。

　　累積了20多年的教學經驗之後，我終於研發出一套專為華語母語者量身訂做的義大利語學習教材。研發過程中，我以華語母語者學習義大語時所遇到的難點為主要考量，也參考了外語學習與外語教學領域的最新發現和準則。這套教材有6大特點：

1. **語法解說力求簡單扼要**。例如我拿掉了罕見的語法和例外，也刪除了只有語言學家才理解的那些過於專業的術語。
2. **生動的彩色圖片**。透過這些圖片，幫助學習者快速擴大詞彙量並提高學習樂趣。
3. **精心設計的練習**。透過這些練習，讓學習者可以在沒有老師輔助下即可自學，因為所有的習題和例句都附有中文對照。此外，學習者可從 sialiacademy.com 免費下載「作業簿」，多元學習。

④ **大量的語音和語法解說影片**。為增進學習者對義大利語的理解，我們拍攝了一系列的影片。實際上，這本書吸引人的地方正是因為它搭配了34部影片！本書與時俱進，大量運用影片和圖像，打造出一套「現代」的教材。

⑤ **以學習者為中心**。為了讓學習者培養自我學習的責任感，本書透過引導性的問題以及義語和華語的語法對照，激勵學習者主動發現新知，領悟到如何運用語言結構，培養自動自發、精益求精的精神。

⑥ **學習循序漸進**。本書鼓勵學習者遵守「先求有再求好」的準則，為學習者設定合理的學習目標：

🎯 目標1
習慣聽且模仿義大利語發音和語調。剛開始學習義大利語，學習者應該給自己的合理目標是了解基本的發音規則。所以《6個月學會義大利語A1 新版》（以下簡稱《學會A1》）本書在第1課即讓學習者熟悉發音規則，這樣學習者便能立即開始練習朗讀。然後透過輔助教材《6個月聽懂義大利語A1新版》，學習者還能繼續漸漸提升聽力，習慣聽和模仿義大利語的發音和語調。

🎯 目標2
打好語法基礎。本書從第2到第5課讓學習者吸收基本卻關鍵的詞彙和語法規則，像是名詞的陰陽性單複數、定冠詞和不定冠詞、形容詞、動詞變化、介系詞和代名詞。尤其本書把以上語法規則分散到不同單元，就是為了避免過度加重學習者的學習負擔。

🎯 目標3
探索文化。語言與文化分不開，認識文化才能提高語言學習的趣味性，進而強化學習動機。因此，本書第6課讓學習者觀察義大利人的肢體語言，開始接觸義大利文化。之後，接續教材《6個月學會義大利語A2》（以下簡稱《學會A2》）還會帶領學習者探索義大利文化的其他層面：風俗習慣、美食、日常生活、民族性和旅遊用語。

🎯 目標4
提升聽力和閱讀能力。要提升聽力，才能聽懂、改善發音且擴充詞彙量；要提升閱讀能力，才能自助地、無限擴充詞彙量，進而解讀上下文，從而理解語法結構，並做恰當的運用。因此，《學會A2》呈現許多文章和對話，好讓學習者大量練習聽力和閱讀能力，並且更進一步分析入門和初級程度的語法規則和詞彙。說到語法，本書和《學會A2》採用螺旋式的排列方式，確保同樣的語法規則能在不同課一再出現，幫助學習者不斷溫故知新。

《6個月學會義大利語A1 新版》還搭配有兩種幫助擴充詞彙量和提高聽力的輔助教材，即《6個月聽懂義大利語A1 新版》和《用學習卡學7國語言》。你可以遵循下表善用這些輔助教材，讓義大利語學習事半功倍。

《6個月學會義大利語A1 新版》	《用學習卡學7國語言》	《6個月聽懂義大利語A1 新版》
第1課		單元1、2、3
第2課	6章、7章、8章、9章	
第3課	1章、10章、22章	
第4課	3章、22章	
第5課	2章、20章、21章、22章	

　　最後，《6個月學會義大利語》這系列教材還搭配線上預錄式課程《義大利文跟義大利人一樣簡單》。這個預錄式課程以文化切入，講解義大利語的語法規則，幫助你逐漸擴充詞彙量。

　　我真心期望這套教材可以幫助許多學習者輕鬆地學習義大利語、減少教師的工作量、促進課堂氣氛，也讓學習義大利語成為學習者每一天引頸企盼的活動。

　　非常感謝你選擇了《6個月學會義大利語A1 新版》！我們在《6個月學會義大利語A2》見！

Giancarlo Zecchino

如何使用本書

本教材適用於36個小時的課程，每課所需的時間平均為6小時。本教材的語言程度對應歐洲共同語言參考標準（CEFR）的A1等級。

掃描音檔 QR Code

在開始課程之前，別忘了先拿出手機，掃描書封上的QR Code，就能立即下載書中所有音檔喔！

螺旋式編排法

本書將同樣的學習內容以不同的形式重複出現，一方面加深印象，一方面增加學習的趣味性。

掃描短片QR Code

別忘了還要掃描書封上的QR Code觀看短片，學習更多元。

學習目標欄

每個小單元都有學習重點，讓你在學習前有提綱挈領的全面了解。

音檔圖示

取得音檔後，只要看到書中有標記音檔軌數的地方，都能找到對應內容的音檔，快來試試吧！

主動型的練習

拋開傳統制約式被動學習的主動型練習法，引導學習者透過觀察與分析，推論出問題的答案，培養解決問題的態度與能力。

彩色圖畫

生動活潑的插畫，讓你加深學習印象，記憶更深刻。

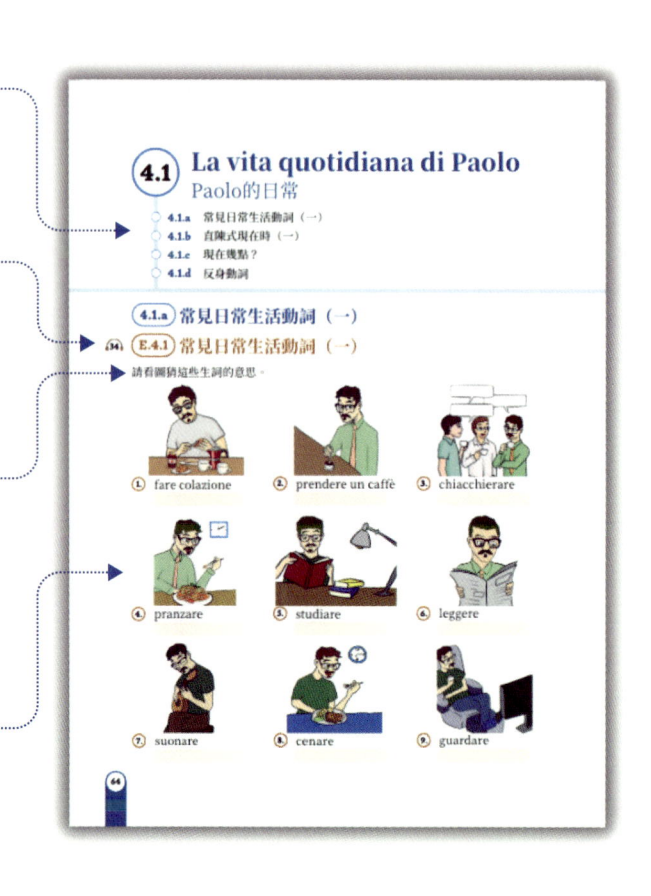

簡單扼要的語法解說

有別於其他學習教材滿滿的語法說明，本書只留下最關鍵的語法解說，讓你看到語法不頭痛！

義大利語學習策略

本書特別整理了學習義大利語的相關補充資料，想知道哪些策略能有效助你提升學習力嗎？快來看看「義大利語學習策略」！

附錄

附錄還有作者整理的「語法篇」、「每課的生詞表」，以及全書「練習題的解答」，好查詢、好複習，是學完義大利語正課最好的輔助學習資料！

目次

○ 作者序 3

○ 如何使用本書 6

第 1 課
La pronuncia dell'italiano 12
義大利語發音

1.1 L'alfabeto
義大利語字母
- 母音
- 字母
- 子音「g」
- 子音「c」

1.2 I gruppi consonantici
子音群
- 子音群「sc」
- 子音群「gn」
- 子音群「gl」
- 義大利文發音之歌

1.3 Fonemi sfidanti
語音難點
- 清濁音
- 雙子音
- 彈舌音「r」
- 重音

第 2 課
I nomi e gli articoli 26
義大利語名詞與冠詞

2.1 Espressioni basilari
基本用語
- 課堂用語
- 問候語
- 自我介紹
- 數字

2.2 I vestiti di Paolo
Paolo的衣服
- 用「avere」動詞表達感覺
- 不定冠詞
- 名詞的陰陽性單複數
- 衣服

2.3 I figli di Giacomo
Giacomo的孩子
- 家屬稱謂
- 定冠詞
- 用「avere」動詞表達身體狀況
- 深入了解外語的文化背景

第 3 課
Gli aggettivi 44
義大利語形容詞

3.1 Antonio è italiano
Antonio是義大利人
- 國名和國籍
- 「-e」結尾形容詞
- 「-o」/「-a」結尾形容詞
- 顏色

3.2 Francesca è bella
Francesca很美
- 五官
- 身材
- 頭髮
- 物主形容詞

3.3 Il lavoro di Giacomo
Giacomo的工作
- 職業
- 創造外語環境
- 「fare」動詞
- 先聽後說

第 4 課
Le preposizioni
義大利語介系詞 ……… 62

4.1 La vita quotidiana di Paolo
Paolo的日常
- 常見日常生活動詞（一）
- 現在幾點？
- 直陳式現在時（一）
- 反身動詞

4.2 Paolo va a scuola
Paolo去學校
- 義大利語介系詞
- 介系詞「in」
- 介系詞「a」
- 「andare」動詞

4.3 La vita quotidiana di Francesca
Francesca的日常
- 常見日常生活動詞（二）
- 介系詞「da」
- 頻率副詞
- 直陳式現在時（二）

第 5 課
I verbi
義大利語動詞 ……… 84

5.1 I passatempi di Paolo
Paolo的休閒活動
- 「stare」動詞
- 「sapere」動詞
- 現在進行式
- 情態動詞

5.2 I passatempi di Francesca
Francesca的休閒活動
- 直陳式近過去時（一）
- 方位詞
- 公共場所
- 直陳式近過去時（二）

5.3 Strategie di apprendimento
學習策略

- 如何背單字
- 擬定學習計畫
- 勇敢挑戰難度高的練習
- 向別人求助

第 6 課
Il linguaggio non verbale 108
義大利人的肢體語言

6.1 I gesti degli italiani
義大利人的手勢

- 義大利手勢的由來
- 表示拒絕的手勢
- 最常用的手勢
- 表示表揚的手勢

6.2 I gesti che esprimono stati d'animo
表達情緒的手勢

- 表達心情的手勢
- 威脅和罵人的手勢
- 表示憤怒的手勢
- 邀約的手勢

6.3 Altri gesti
其他手勢

- 表示命令的手勢
- 其他手勢
- 表示數字的手勢
- 容易混淆的手勢

附錄｜Appendice 128

- 附錄1｜語法篇
- 附錄2｜各課生詞
- 附錄3｜練習解答

LEZIONE 1
第 1 課

La pronuncia dell'italiano
義大利語發音

1.1 L'alfabeto
義大利語字母

- **1.1.a** 母音
- **1.1.b** 字母
- **1.1.c** 子音「g」
- **1.1.d** 子音「c」

1.2 I gruppi consonantici
子音群

- **1.2.a** 子音群「sc」
- **1.2.b** 子音群「gn」
- **1.2.c** 子音群「gl」
- **1.2.d** 義大利文發音之歌

1.3 Fonemi sfidanti
語音難點

- **1.3.a** 清濁音
- **1.3.b** 雙子音
- **1.3.c** 彈舌音「r」
- **1.3.d** 重音

1.1 L'alfabeto
義大利語字母

- **1.1.a** 母音
- **1.1.b** 字母
- **1.1.c** 子音「g」
- **1.1.d** 子音「c」

1.1.a 母音

　　義大利語的發音很容易學習嗎？如果我們對照義大利語與英語和法語的發音，就能發覺義大利語的語音系統是最容易學習的！事實上，英語系統的發音雖然不難發，但因為拼音幾乎沒規則可循，讓學習者不勝其擾。
例如，母音「a」可以唸：

① /ɑ:/，如car [kʰɑ:*]
② /ɔ:/，如tall [tʰɔ:l]
③ /æ/，如band [bænd]
④ /eɪ/，如base [beɪs]

　　結果，學習者不知道什麼時候要唸/ɑ:/或/ɔ:/或/æ/或/eɪ/，因此只好個別死背每個詞的發音，無限增加學習負擔。與英語不同，義大利語母音「a」只有/a/一個發音！另外，法語與英語又不同，法語的拼音規則雖然明確但也龐雜，讓學習者吃不消。例如，「ai」和「ei」要發/ɛ/、「ou」要發/u/、「au」和「eau」要發/o/、「eu」和「oeu」要發/ø/、「oy」要發/waʒ/、「oi」要發/wa/ 等。

　　不僅母音很多，而且寫跟說的差距也很大。相對的，義大利語的語音不但好發，發音規則又不多。所以，義大利語可以說是一種怎麼寫就怎麼唸，並且發音規則只有幾個，非常容易背起來的語言！

　　義大利語字母表由5個母音（a / e / i / o / u）與16個子音（b / c / d / f / g / h / l / m / n / p / q / r / s / t / v / z）所組成，共21個字母，再加上5個外來字母（j / k / w / x / y）。

請觀看影片學習
母音

1.1.b 字母

a **A a** /a/	bi **B b** /b/	ci **C c** /k/或/tʃ/	di **D d** /d/	e **E e** /ɛ/或/e/
effe **F f** /f/	gi **G g** /g/或/dʒ/	acca **H h**	i **I i** /i/	elle **L l** /l/
emme **M m** /m/	enne **N n** /n/	o **O o** /ɔ/或/o/	pi **P p** /p/	cu **Q q** /k/
erre **R r** /r/	esse **S s** /s/或/z/	ti **T t** /t/	u **U u** /u/	vi **V v** /v/
zeta **Z z** /ts/或/dz/				

i lunga **J j** /dʒ/或/j/	cappa **K k** /k/	ipsilon **Y y** /i/	ics **X x** /ks/	doppia v **W w** /w/或/v/

—— 母音
---- 發音難點
---- 外來字幕

請觀看影片學習

字母

1.1.c 子音「g」

請觀看影片並完成以下表格。

g +	a o u	=	ga / ga / go / go / gu / gu /
g +		=	gi / dʒi / ge / dʒe /
gh +		=	ghi / gi / ghe / ge /

請觀看影片學習

子音 g

① **ga**tto
貓咪

② **go**nna
裙子

③ **gu**fo
貓頭鷹

④ **gi**rare
轉

⑤ **ge**lato
冰淇淋

⑥ **ghi**accio
冰塊

⑦ tra**ghe**tto
渡船

E.1.1 「g」和「gh」的聽辨練習

請以「g」和「gh」填空。

① ___omito
② ___iro
③ ___iro
④ ___eometria
⑤ ___elido
⑥ ___eneroso

1.1.d 子音「c」

請觀看影片並完成以下表格。

c +	a	=	ca / ka /
	o		co / ko /
	u		cu / ku /
c +		=	ci / tʃi /
			ce / tʃe /
ch +		=	chi / ki /
			che / ke /

請觀看影片學習

子音 c

1. **ca**micia 襯衫
2. **co**rrere 跑步 
3. **cu**cinare 做菜 
4. **Ci**na 中國 
5. **ce**nare 吃晚餐 
6. **chi**tarra 吉他 
7. for**che**tta 叉子 

E.1.2 「c」和「ch」的聽辨練習

請以「c」和「ch」填空。

1. ＿amera
2. ＿inema
3. ＿ena
4. ＿olazione
5. ＿itarra
6. ＿ultura

1.2 I gruppi consonantici
子音群

- **1.2.a** 子音群「sc」
- **1.2.b** 子音群「gn」
- **1.2.c** 子音群「gl」
- **1.2.d** 義大利文發音之歌

1.2.a 子音群「sc」

請觀看影片並完成以下表格。

sc +	a	=	sca / ska /
	o	=	sco / sko /
	u	=	scu / sku /
sc +		=	sci / ʃi /
		=	sce / ʃe /
sch +		=	schi / ski /
		=	sche / ske /

請觀看影片學習

子音群 sc

① pesca
桃子

② casco
安全帽

③ scuola
學校

④ scivolare
滑倒

⑤ scendere
下車、下樓

⑥ fischiare
吹口哨

⑦ pescheria
海產店

1.2.b 子音群「gn」

請觀看影片並完成以下表格。

	a	gna / ɲa /
	e	gne / ɲe /
gn +		= gni / ɲi /
	o	gno / ɲo /
	u	gnu / ɲu /

請觀看影片學習
子音群 gn

① bagno
洗手間

② disegnare
畫畫

1.2.c 子音群「gl」

請觀看影片並完成以下表格。

	a	gla / gla /
	e	gle / gle /
gl +		= gli / gli /或/ ʎi /
	o	glo / glo /
	u	glu / glu /

請觀看影片學習
子音群 gl

① figlio
兒子

② biglietto
票

1.2.d 義大利文發音之歌

華語為母語者在義大利語的拼寫或發音上常見的難點，是子音「c」和「g」的拼法、子音群「gl」、「gn」、「sc」以及彈舌音「r」的發音。請先觀看影片，藉此熟悉這些音節的發音以及它們的拼法，再跟著唱。

II	i	i	i	
EE	e	e	e	
CHI	chi	chi	chi	/ ki /
CHE	che	che	che	/ ke /
CI	ci	ci	ci	/ tʃi /
CE	ce	ce	ce	/ tʃe /
GHI	ghi	ghi	ghi	/ gi /
GHE	ghe	ghe	ghe	/ ge /
GI	gi	gi	gi	/ dʒi /
GE	ge	ge	ge	/ dʒe /
GNI	gni	gni	gni	/ ɲi /
GNE	gne	gne	gne	/ ɲe /
GLI	gligligli **gligligli** gligligli **gligligli**			/ gli /或/ ʎi /
SCHI	schi	schi	schi	/ ski /
SCHE	sche	sche	sche	/ ske /
SCI	sci	sci	sci	/ ʃi /
SCE	sce	sce	sce	/ ʃe /
RLRL	rrrrr	lllll	rrrrr	lllll

請觀看影片學習

發音之歌

1.3 Fonemi sfidanti
語音難點

- **1.3.a** 清濁音
- **1.3.b** 雙子音
- **1.3.c** 彈舌音「r」
- **1.3.d** 重音

1.3.a 清濁音

　　大多數的華語母語者常常把/t/發成/d/，以及把/p/發成/b/。之所以有這個現象，是因為中文與義大利語不同：中文發音系統沒有清音、濁音的分別，而有送不送氣的分別。所以學習者聽得出義大利語的/t/和/p/與中文不同，但是無法掌握差異到底在哪裡以及如何發這兩個音。要克服該難點，唯一方法是透過反復的聽辨，練習讓聽力變得越來越敏銳，讓耳朵和頭腦意識到/t/和/p/這兩個清音的特質。

1. ballare｜跳舞
2. parlare｜說話 
3. dormire｜睡覺 
4. telefonare｜打電話 

　　類似地，子音「s」有時候唸清音/s/或濁音/z/。同樣，子音「z」有時候唸清音/ts/或濁音/dz/，不過許多義大利人往往也分不清什麼時候要唸哪一個，因此練習這兩個音的時候不用給自己太大的壓力。請觀看影片並做以下練習。

請觀看影片學習

清濁音

⑤ sedia｜椅子　⑥ sveglia｜鬧鐘　⑦ zucca｜南瓜　⑧ zaino｜背包

E.1.3 「b」和「p」的聽辨練習

請以「b」和「p」填空。

① ___anca　② ___agare　③ ___icicletta
④ ___assaporto　⑤ ___iazza　⑥ ___ottiglia

E.1.4 「d」和「t」的聽辨練習

請以「d」和「t」填空。

① ___ottore　② ___elefonare　③ ___opo
④ ___omanda　⑤ ___iscoteca　⑥ ___empo

1.3.b 雙子音

　　有時同樣的子音會成雙一起出現，我們稱它們為「雙子音」。發雙子音的時間比單子音要長一些，例如含有一個s的「casa」（家）唸做 /kasa/，含有兩個s的「cassa」（箱子）則唸做 /kas͡a/。請觀看影片並做以下練習。

① casa｜房子　② cassa｜箱子

請觀看影片學習　雙子音

E.1.5 雙子音的聽辨練習

請圈出所聽到的詞語。

1. cassa casa
2. pollo polo
3. pinna pina
4. sonno sono
5. alla ala
6. cammino camino

1.3.c 彈舌音「r」

對於華語母語者而言，彈舌音/r/是義大利語發音系統的最大難點，主要原因是因為華語語音系統缺少該音素或類似的音素。因此如果一開始你學不會怎麼發這個音，請不要沮喪，因為經過長期反復的練習最後還是學得會，所以請不要驚慌！除此之外，華語母語者很容易把/l/與/r/這兩個音素混淆，所以需要做大量的聽辨練習，才能分清這兩個音素。分辨清楚了以後，才能把它們發得很標準。

E.1.6 「l」和「r」的聽辨練習

請以「l」和「r」填空。

1. ca　o
2. sa　e
3. be　e
4. so　e
5. fa　o
6. me　a

請觀看影片學習

彈舌音

E.1.7 「l」和「r」的聽辨練習

請圈出所聽到的詞語。

1. male mare
2. pollo porro
3. rana lana
4. colto corto
5. pero pelo
6. pari pali

要學會發彈舌音，首先需要調整你對彈舌音的認知，還要瞭解彈舌音背後的物理原則。你可以把舌頭想像成一片掛在樹上的葉子，颱風時葉子會振動而發出聲音來。同樣道理，你的舌頭應該跟一片葉子一樣輕，才能被氣流振動。就是因為這個原因，很多發音書描述發彈舌音的方法時，再三強調首先要讓舌頭放鬆。

另外，就算葉子非常輕卻沒有風，這一片葉子還是振動不了！同樣地，要你的舌頭震動，就要有氣流。很多學生不會發彈舌音的主要原因，就是因為氣流不夠。你怎麼樣才能判斷你的氣流夠不夠大呢？很簡單！把手掌放在嘴巴前面，吹氣時，如果你的手掌感覺不到氣流，你就可以知道答案。

現在就開始練習發彈舌音。首先要讓你的舌頭放鬆，好像葉子般一樣輕；做出發/s/的音的嘴型，接著用力吹氣，然後一邊繼續吹氣一邊試著用舌頭擋住氣流，自然而然舌頭的振動就會發出聲音。持續反復練習，讓發音器官與大腦習慣並記憶舌頭震動時的感覺與發音部位。

1.3.d 重音

重音也是困擾學習者的難點，每次看到生詞時，尤其是音節較多的詞，會猶豫重音要放在哪個音節上。在此有個簡單的規則要告訴你，即重音大多會落在「倒數第二個音節」上，例如「lat-te」（牛奶）、「ci-ne-se」（中國人）。而且，請注意：除了某些例外，如「città」（城市），書寫時一般不標示重音。請觀看影片鍛鍊出母語者般字正腔圓的發音！

1. latte
牛奶

2. cinese
中國人

請觀看影片學習

重音

LEZIONE 2
第 2 課

I nomi e gli articoli
義大利語名詞與冠詞

2.1 Espressioni basilari
基本用語

- **2.1.a** 課堂用語
- **2.1.b** 問候語
- **2.1.c** 自我介紹
- **2.1.d** 數字

2.2 I vestiti di Paolo
Paolo的衣服

- **2.2.a** 用「avere」動詞表達感覺
- **2.2.b** 名詞的陰陽性單複數
- **2.2.c** 不定冠詞
- **2.2.d** 衣服

2.3 I figli di Giacomo
Giacomo的孩子

- **2.3.a** 家屬稱謂
- **2.3.b** 用「avere」動詞表達身體狀況
- **2.3.c** 定冠詞
- **2.3.d** 深入了解外語的文化背景

2.1 Espressioni basilari
基本用語

- **2.1.a** 課堂用語
- **2.1.b** 問候語
- **2.1.c** 自我介紹
- **2.1.d** 數字

2.1.a 課堂用語

從第一堂課開始，鼓勵你一有機會便盡可能用義大利語與老師和身邊的人溝通。絕對不要害怕出醜，因為人腦正是透過犯錯而學習！舉例來說，上課時與其使用中文，不如跟老師說些簡單的義大利語，因為這些有意義的溝通與交流，必定能加快你的學習速度！以下是課堂上常用的義大利語用語。

老師的用語

1. Chiaro?
   清楚嗎？
2. Apri il libro a pagina ... .
   請你把書翻開到第「……」頁。
3. Puoi leggere per favore?
   可以請你唸嗎？
4. Finito?
   好了嗎？

學生的用語

1. Puoi ripetere, per favore?
   可以請你再說一次嗎？
2. Non lo so!
   我不知道！
3. Non capisco!
   我不懂！
4. Ho una domanda.
   我有個疑問。
5. Come si dice ... ?
   「……」怎麼說？
6. Cosa significa ... ?
   「……」是什麼意思？
7. Come si scrive ... ?
   「……」怎麼拼？
8. Lo puoi scrivere?
   你可以寫下來嗎？
9. A che pagina?
   第幾頁呢？
10. Quale esercizio?
    哪一題？
11. Posso ascoltare un'altra volta?
    我可以再聽一次嗎？

2.1.b 問候語

Ciao, come stai?
嗨,你好嗎?

Bene, grazie, e tu?
很好,謝謝,你呢?

Non c'è male!
還不錯!

Tutto bene?
一切都好嗎?

Come va?
最近怎麼樣?

Come sta?
您好嗎? *正式

Benissimo!
非常好!

Insomma!
還好!

Buongiorno!
早安!

Buonasera!
晚上好!

Buonanotte!
晚安!

Ci vediamo!
掰掰! *非正式

Arrivederci!
再見! *正式

A dopo!
待會兒見!

A stasera!
晚上見!

A domani!
明天見!

請觀看影片學習

問候語

2.1.c 自我介紹

1. Come ti chiami?
   你叫什麼名字？
2. Mi chiamo … .
   我叫「……」。
3. Quanti anni hai?
   你今年幾歲？
4. Ho … anni.
   我「……」歲。
5. Qual è il tuo numero di telefono?
   你的電話號碼是幾號？
6. Il mio numero di telefono è … .
   我的電話號碼是「……」。
7. Di dove sei?
   你是哪裡人？
8. Sono … .
   我是「……」。
9. Piacere!
   很高興認識你！

請觀看影片學習

日常用語

E.2.1 我是翡冷翠人

請你一邊聽，一邊填寫以下對話。

- _____! Io mi chiamo Stefano, e tu?
- Io sono Jiahua, piacere!
- _____! Di dove sei?
- Io sono cinese, e tu?
- Io _____ di Firenze.

essere 動詞等於中文的「是」和英語的「to be」。
essere 動詞的變化如下：

essere｜是

sono
sei
è

2.1.d 數字

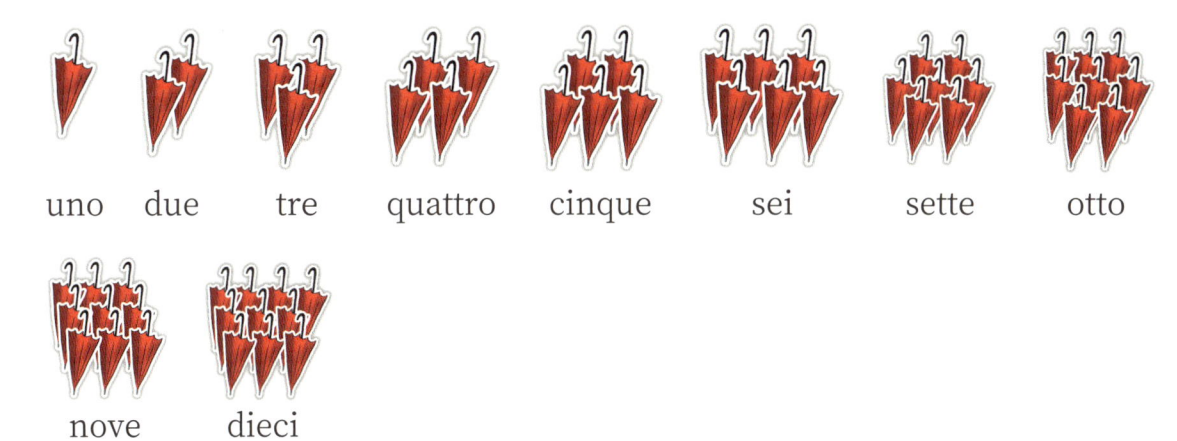

uno　due　tre　quattro　cinque　sei　sette　otto

nove　dieci

E.2.2 數字：11至16

觀察下列數字的義大利語寫法，請問11-16有什麼共通點？

11 un**dici**　**12** do**dici**　**13** tre**dici**　**14** quattor**dici**　**15** quin**dici**　**16** se**dici**

E.2.3 數字：17至19

請問17-19有什麼共通點？

17 **dici**assette　**18** **dici**otto　**19** **dici**annove

E.2.4 數字：20至29

觀察下列數字的義大利語寫法，21 和 28 跟其他數字有什麼不同呢？

20 venti　**21** **ventuno**　**22** ventidue　**23** ventitré　**24** ventiquattro

25 venticinque　**26** ventisei　**27** ventisette　**28** **ventotto**　**29** ventinove

E.2.5 數字：30至39

請填寫。

30 trenta　**31**　**32**　**33**　**34**

35　⑦ **36**　**37**　**38**　**39**

E.2.6 數字：40至90

請觀察下列數字的義大利語寫法，40-90的數字有什麼共通點呢？

40 quaranta　**50** cinquanta　**60** sessanta　**70** settanta　**80** ottanta　**90** novanta

E.2.7 數字：100至1000

請填空。

100 cento　**200** duecento　**300** trecento　**400** quattrocento

500　**600**　**700**　**800**

900　**1000** mille

E.2.8 算式

請以義大利語完成以下算式。

1. ventitre + quattro =
2. quindici + trentadue =
3. sei + dodici =
4. quaranta − nove =
5. cinquantasei ÷ sette =
6. ottantadue ÷ due =
7. (tredici + sessantasette) ÷ due =
8. cinque × (tre + otto) =

2.2 I vestiti di Paolo
Paolo的衣服

- **2.2.a** 用 avere 動詞表達感覺
- **2.2.b** 名詞的陰陽性單複數
- **2.2.c** 不定冠詞
- **2.2.d** 衣服

2.2.a 用「avere」動詞表達感覺

Cosa ha Paolo?
Paolo怎麼了？

Paolo ha fame.
Paolo很餓。

「avere」動詞等於中文的「有」和英語的「to have」。我們用「avere」動詞表達感覺、年齡和擁有，並描述身體症狀。「avere」動詞的變化如下：

avere｜有	
io ho	noi abbiamo
tu hai	voi avete
lui/lei ha	loro hanno

義大利語的動詞有六個人稱，分別是：第一、第二、第三人稱單數，以及第一、第二、第三人稱複數。以下皆是「主詞代名詞」，都位於動詞前面，指出誰在行動。不同人稱的動詞要用不同形式呈現。想了解更多，請參考本書的附錄1「語法篇」。

單數代名詞		複數代名詞	
io	我	noi	我們
tu	你、妳	voi	你們、妳們
lui/lei	他、她、它	loro	他們、她們、它們

E.2.9 他怎麼樣？

請看圖再把以下句子翻成中文。

1. Giulia ha freddo.
2. Silvia ha caldo. 
3. Francesca ha sete. 
4. Giacomo ha sonno. 

E.2.10 他們怎麼樣？

請依照範例用義大利語回答以下問題。

Francesca和Paolo在沙漠。
他們怎麼樣？
Loro hanno caldo e sete.

1. Giacomo和Silvia在北極。他們怎麼樣？

2. Francesca昨天晚上沒睡好。她今天怎麼樣？

3. 已經下午一點Giacomo還沒吃飯。他怎麼樣？

4. Luca的房間冷氣壞了。他怎麼樣？

2.2.b 名詞的陰陽性單複數

義大利語的名詞和冠詞有數量（單複數）、詞性（陰陽性）的變化。陽性單數的名詞通常以「-o」為結尾，陽性複數的名詞通常以「-i」為結尾，陰性單數的名詞通常以「-a」為結尾，陰性複數的名詞通常以「-e」為結尾。例如：

cappell**o**　　cappell**i**　　｜　　gonn**a**　　gonn**e**

2.2.c 不定冠詞

Cosa ha Paolo?
Paolo擁有什麼？

Paolo ha un cappello, uno zaino e una sciarpa.
Paolo擁有一頂帽子、一個背包和一條圍巾。

不定冠詞位於單數名詞前面，有陽性和陰性之分。

- 陰性名詞使用「una」，但以母音開頭的陰性名詞使用「un'」，如「un'arancia｜一顆橘子」。

- 陽性名詞使用「un」，但以下兩種陽性單數名詞使用「uno」
    - 「z」開頭的陽性名詞，如「uno zaino｜一個背包」。
    - 「s + 子音」開頭的陽性名詞，如「uno spazzolino｜一支牙刷」。

陽性	陰性
un	una
uno	un'

想了解更多，請參考本書的附錄1「語法篇」。

2.2.d 衣服

1. giubbotto — giubbotti
2. cappello — cappelli
3. anello — anelli
4. ombrello — ombrelli
5. pantalone — pantaloni
6. felpa — felpe
7. gonna — gonne
8. camicetta — camicette
9. maglietta — magliette
10. borsa — borse
11. cravatta — cravatte
12. sciarpa — sciarpe

E.2.11 Paolo擁有什麼？

請依照範例看圖回答問題。

Cosa ha Paolo?
Paolo擁有什麼？

Paolo ha un giubbotto, tre cappelli, due pantaloni, quattro cravatte e una felpa.
Paolo擁有一件外套、三頂帽子、兩條褲子、四條領帶和一件帽T。

1. Cosa ha Francesca?

2. Cosa ha Silvia?

3. Cosa ha Giacomo?

2.3 I figli di Giacomo
Giacomo的孩子

- **2.3.a** 家屬稱謂
- **2.3.b** 用「avere」動詞表達身體狀況
- **2.3.c** 定冠詞
- **2.3.d** 深入了解外語的文化背景

2.3.a 家屬稱謂

Quanti figli ha Giacomo?
Giacomo有幾個**孩子**？

Giacomo ha una figlia e un figlio.
Giacomo有一個**女兒**和一個**兒子**。

E.2.12 Giacomo的孩子

請填入適當的不定冠詞完成以下短文，然後聽音檔確認是否寫對了。

Giacomo ha _una_ figlia, si chiama Sofia. Giacomo ha anche ____ figlio, si chiama Luca. Giacomo ha ____ fratello, si chiama Paolo. Paolo ha due nipoti, si chiamano Sofia e Luca. Luca ha ____ sorella, si chiama Sofia. Luca ha ____ zio, si chiama Paolo. Luca ha anche ____ zia, si chiama Francesca.

E.2.13 家屬稱謂

請你猜出以下名詞的意思。

1. figlio / figlia
2. fratello / sorella
3. zio / zia
4. nipote

2.3.b 用「avere」動詞表達身體狀況

Cosa ha Luca?
Luca怎麼了？

Luca ha la tosse.
Luca咳嗽。

1. il naso chiuso
2. il raffreddore 
3. la febbre 
4. l'influenza 
5. il mal di gola 
6. il mal di denti

⑦ il mal di testa 　　⑧ il mal di schiena 　　⑨ il mal di pancia

E.2.14 身體症狀

看圖回答問題。

① Cosa ha Gabriella?

② Cosa ha Marco?

③ Cosa ha Caterina?

④ Cosa ha Roberto?

⑤ Cosa hanno Mario e Lisa?

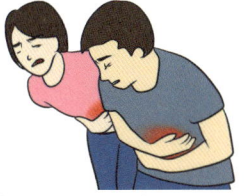

⑥ Cosa hanno Fabio e Marina?

⑦ Cosa hanno Mimmo e Flavio?

2.3.c 定冠詞

義大利語有七個定冠詞:「il」、「lo」、「la」、「l'」、「i」、「gli」、「le」,等於英語的「the」。定冠詞有詞性、單複數之分,放在名詞的前面。例如:

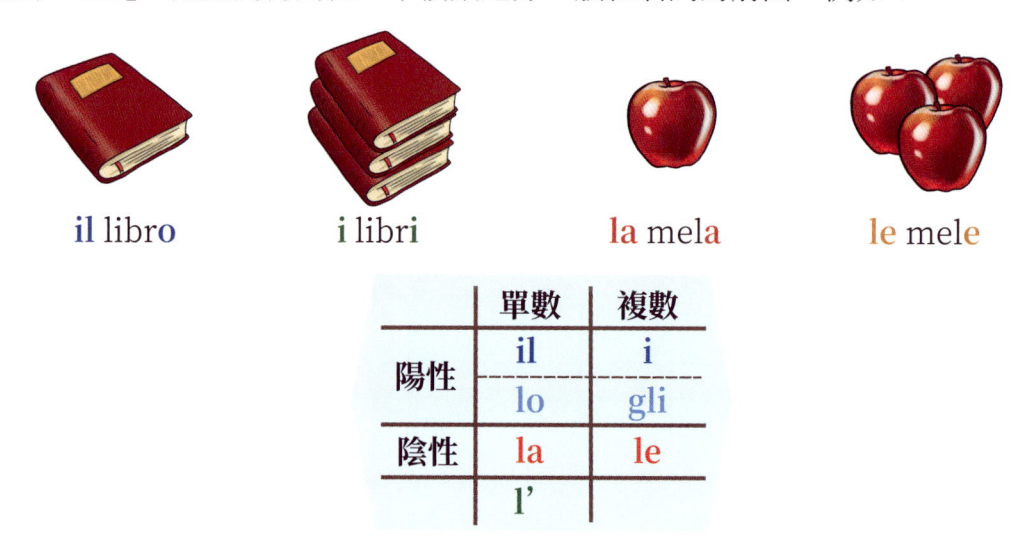

il libro　　i libri　　la mela　　le mele

	單數	複數
陽性	il	i
	lo	gli
陰性	la	le
	l'	

母音開頭的單數名詞使用「l'」(加撇號的 l)。至於何時使用「lo、gli」,請參考本書的附錄1「語法篇」。

E.2.15 衣服和配件

請你填入適合的定冠詞。

1. ＿＿ cintura
2. ＿＿ orecchini
3. ＿＿
4. ＿＿
5. ＿＿
6. ＿＿
7. ＿＿
8. ＿＿
9. ＿＿

10.　　　　　　　　　11.　　　　　　　　12.

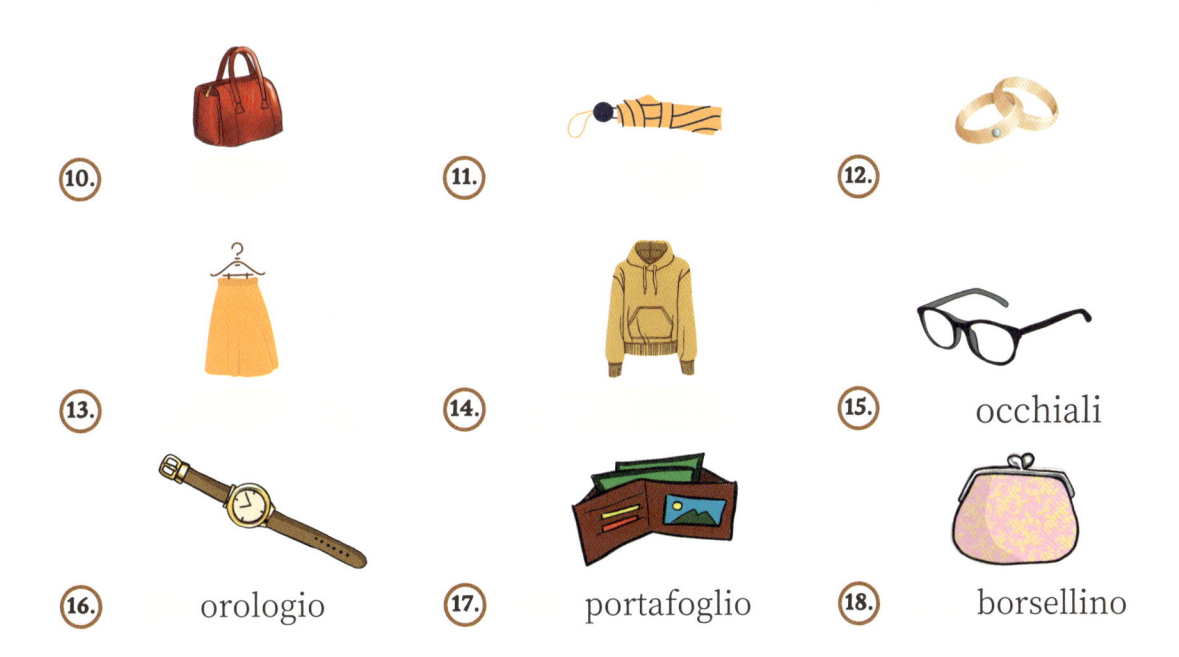

13.　　　　　　　　　14.　　　　　　　　15. occhiali

16. orologio　　　　　17. portafoglio　　　18. borsellino

2.3.d 深入了解外語的文化背景

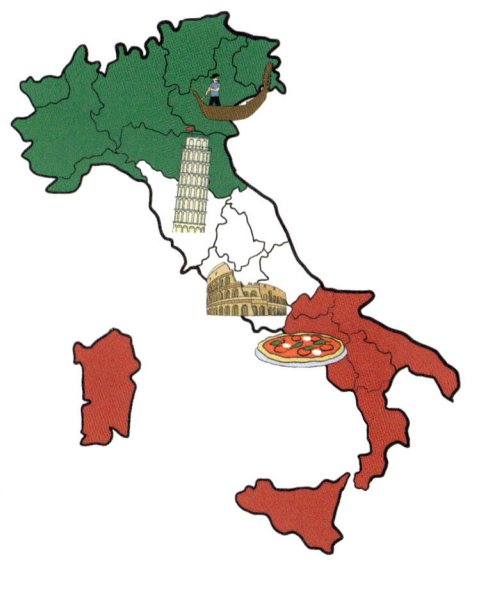

　　想要有效地學好外語，你會需要些什麼呢？你需要一本能幫助你學習的課本、一位優秀的老師、一個專業的補習班等。不過就算這一切已一應俱全，但如果你尚未掌握外語學習的要領，學習外語的過程恐怕會既緩慢又痛苦。其實一個人學習外語時的首要之務，便是調適好自己的心態，此外還得努力培養有利外語學習的良好習慣，並拋下那些讓外語學習顯得困難重重的錯誤觀念與方法。

　　想要學好義大利語，除了參考跟義大利語有關的書籍或短片，也要多接觸與義大利文化有關的資料，例如義大利的旅遊書刊或美食節目。你對義大利的歷史或藝術感興趣嗎？還是你比較喜歡義大利的足球、時尚、生活風格、歌劇等呢？不妨收集相關資料，中文版或外文版的書籍也好，部落格的文章也好，短片也好，只要是能幫助你更深入了解並愛上義大利的資料都要不遺餘力地看，因為你的目標應該是成為義大利文化的專家。事實上，深入了解深植於一個外語背後的文化，的確可以提高學習外語的趣味性、增進學習動力並減輕壓力。毫無疑問，文化和語言兩者間密不可分！要深入地吸收內化一個外語，就不能不探索該語言的文化背景！

LEZIONE 3
第 3 課

Gli aggettivi
義大利語形容詞

3.1　Antonio è italiano
Antonio是義大利人

- **3.1.a**　國名和國籍
- **3.1.b**　「-o」/「-a」結尾形容詞
- **3.1.c**　「-e」結尾形容詞
- **3.1.d**　顏色

3.2　Francesca è bella
Francesca很美

- **3.2.a**　五官
- **3.2.b**　頭髮
- **3.2.c**　身材
- **3.2.d**　物主形容詞

3.3　Il lavoro di Giacomo
Giacomo的工作

- **3.3.a**　職業
- **3.3.b**　「fare」動詞
- **3.3.c**　創造外語環境
- **3.3.d**　先聽後說

3.1 Antonio è italiano
Antonio是義大利人

- **3.1.a** 國名和國籍
- **3.1.b** 「-o」/「-a」結尾形容詞
- **3.1.c** 「-e」結尾形容詞
- **3.1.d** 顏色

3.1.a 國名和國籍

1. Italia
2. Messico 
3. America 
4. Francia 
5. Cina 
6. Inghilterra 
7. Giappone 
8. Germania 
9. Spagna 
10. Russia 

E.3.1 Antonio是義大利人

請一邊聽，一邊填寫以下表格。

-ano / -ana	-ese	其他
1. italiano / a	4. cinese	8. tedesco / a
2. americ___	5. franc___	9. spagnolo / a
3. messic___	6. ingl___	10. russo / a
	7. giappon___	

E.3.2 Antonio是哪裡人？

請根據例句回答以下問題。

Di dov'è Antonio?
Antonio是哪裡人？

Antonio è *italiano*.
Antonio 是義大利人。

1. Di dov'è Pierre? 
2. Di dov'è Charles? 
3. Di dov'è Rebeca? 
4. Di dov'è Jiahua? 
5. Di dov'è Adolf? 
6. Di dov'è Pedro? 
7. Di dov'è Yumiko? 
8. Di dov'è Agata? 
9. Di dov'è George?

Carlos è spagnol**o**.
Rebeca è spagnol**a**.

3.1.b 「-o」/「-a」結尾形容詞

1. arrabbiat**o** / arrabbiat**a**
2. nervos**o** / nervos**a**
3. stanc**o** / stanc**a**
4. depress**o** / depress**a**

義大利語的形容詞隨著所修飾名詞的詞性（陰陽性）和數量（單複數）產生變化。陽性單數的形容詞通常以「-o」為結尾，陽性複數的形容詞通常以「-i」為結尾；陰性單數的形容詞通常以「-a」為結尾，陰性複數的形容詞通常以「-e」為結尾。

	單數	複數
陽性	-o	-i
陰性	-a	-e

E.3.3 Paolo很累

請完成以下句子。

essere	是
sono	siamo
sei	siete
è	sono

1. Paolo è stanc**o**.
   Francesca ___ stanc___.
   Paolo e Francesca **sono** stanchi.

2. Paolo ___ arrabbiat___.
   Francesca _____.
   Paolo e Francesca ___ arrabbiat___.

3. Paolo ___ nervos___.
   Francesca _____.
   Paolo e Francesca ___ nervos___.

E.3.4 Francesca很生氣

請猜猜「molto」這個副詞的意思是什麼？

Francesca è arrabbiata. 　　　　Francesca è **molto** arrabbiata.

3.1.c 「-e」結尾形容詞

大部分的形容詞以「-o」或「-a」為結尾，但也有一些是以「-e」為結尾的形容詞，如「felice｜開心」；這些形容詞的複數形以「-i」為結尾，即「felici」。

E.3.5 Paolo很傷心

請分析以下的形容詞。你覺得它們的結尾，跟上一頁的形容詞有什麼不同呢？

triste 　　triste 　　　felice 　　felice

E.3.6 Paolo很開心

請完成以下句子。

1. 
Paolo è triste.
Francesca　　trist　.
Paolo e Francesca　　　trist　.

2. 
Paolo　 felice.
Francesca　　　　　．
Paolo e Francesca　　felic　.

3.1.d 顏色

1. verde 綠色
2. marrone 咖啡色 
3. arancione 橘色 
4. celeste 淺藍色
5. giallo 黃色
6. rosso 紅色 
7. bianco 白色 
8. nero 黑色
9. grigio 灰色 
10. blu 藍色 
11. rosa 粉紅色 
12. viola 紫色

E.3.7 國旗的顏色

請寫出國旗的顏色。

1. Italia
2. Inghilterra
3. Giappone
4. Germania

3.2 Francesca è bella
Francesca很美

- **3.2.a** 五官
- **3.2.b** 頭髮
- **3.2.c** 身材
- **3.2.d** 物主形容詞

3.2.a 五官

1. i capelli｜頭髮
2. gli occhi｜眼睛
3. il naso｜鼻子
4. le orecchie｜耳朵
5. la bocca｜嘴巴

Ha gli occhi **grandi**.｜她有很大的眼睛。

1. grandi｜大的
2. piccoli｜小的 
3. a mandorla｜丹鳳眼的 
4. neri｜黑色 
5. verdi｜綠色 
6. azzurri｜藍色 
7. marroni｜咖啡色

Ha il naso **piccolo**. | 他有很小的鼻子。

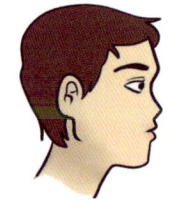

① piccolo | 小的 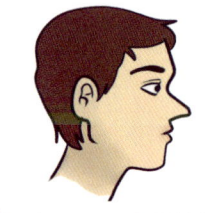　　② lungo | 長的 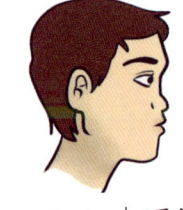　　③ a patata | 扁的

3.2.b 頭髮

Ha i capelli **bianchi**. | 她有白色的頭髮。

① bianchi | 白色的 　　② neri | 黑色的 　　③ castani | 咖啡色的

④ grigi | 灰色的 　　⑤ rossi | 紅色的 　　⑥ biondi | 金色的

⑦ lunghi | 長的 　　⑧ corti | 短的 　　⑨ ondulati | 波浪捲的

⑩ lisci | 直的 　　⑪ ricci | 捲的

3.2.c 身材

È **robusto**. | 他是強壯的。

1. robusto / a 強壯的
2. snello / a 苗條的
3. bello / a 漂亮的  
4. brutto / a 醜的
5. alto / a 高的  
6. basso / a 矮的
7. magro / a 瘦的
8. grosso / a 胖的
9. giovane 年輕的  
10. anziano / a 年老的
11. calvo 光頭的

E.3.8 Paolo的外表

請把以下短文翻成中文。

Paolo è giovane, alto e magro. Ha i capelli corti, ricci e neri, e gli occhi verdi. Francesca è giovane e bella, alta e snella. Ha i capelli lisci, lunghi e castani, gli occhi grandi e neri, e il naso lungo.

E.3.9 Giulia的外表

請一邊聽，一邊填寫以下短文。

1. Giulia è _____ , grossa e bassa. Ha i _____ corti, ricci e bianchi, gli _____ piccoli, e il _____ piccolo.

2. Silvia è _____ e snella. Ha i capelli _____ , ondulati e neri, e gli _____ a mandorla neri.

E.3.10 Luca的外表

請描述以下人的外表。

1. Luca 2. Sofia 3. Yumiko 4. Giacomo 5. George

1.

2.

3.

4.

5.

3.2.d 物主形容詞

請分析以下句子：

Il mio naso è piccolo. ｜我的鼻子很小。

Il tuo naso è grande. ｜你的鼻子很大。

「mio」（我的）和「tuo」（你的）叫做「物主形容詞」。身為形容詞，它們跟所修飾的名詞須保持詞性和數量一致，例如：

La mia bocca è grande. ｜我的嘴巴很大。

I miei occhi sono grandi. ｜我的眼睛很大。

請注意：「物主形容詞」是跟後面的名詞保持詞性和數量一致，而非跟物主保持一致。

Giulia ha il naso piccolo. Il suo naso è piccolo.
Giulia的鼻子很小。她的鼻子很小。

我的	il mio	la mia	i miei	le mie
你的 / 妳的	il tuo	la tua	i tuoi	le tue
他的 / 她的	il suo	la sua	i suoi	le sue
我們的	il nostro	la nostra	i nostri	le nostre
你們的 / 妳們的	il vostro	la vostra	i vostri	le vostre
他們的 / 她們的	il loro	la loro	i loro	le loro

除了「miei」、「tuoi」和「suoi」之外，物主形容詞的變化都很好記。

注意：物主形容詞的前面要加定冠詞。不過，修飾<u>家庭成員的單數名詞</u>的物主形容詞之前不用加定冠詞，例如「mia moglie｜我老婆」、「mia madre｜我母親」、「mio padre｜我父親」等。想了解更多，請參考本書的附錄1「語法篇」。

E.3.11 Giacomo的家庭

請一邊聽，一邊跟讀以下短文。

Mi chiamo Giacomo e ho 38 anni. Mia **moglie** si chiama Silvia e anche lei ha 38 anni. Abbiamo due figli, Sofia e Luca. Mia **madre** si chiama Giulia e ha 58 anni. Mio **padre** si chiama Claudio e ha 63 anni. Mio fratello, si chiama Paolo e ha 33 anni. Sua moglie si chiama Francesca e ha 26 anni.

3.3 Il lavoro di Giacomo
Giacomo的工作

- **3.3.a** 職業
- **3.3.b** 「fare」動詞
- **3.3.c** 創造外語環境
- **3.3.d** 先聽後說

3.3.a 職業

Che lavoro fa Giacomo?
Giacomo做什麼工作？

Giacomo fa il cuoco.
Giacomo當廚師。

1. il poliziotto / la poliziotta
2. il pizzaiolo / la pizzaiola 
3. il commesso / la commessa 
4. il segretario / la segretaria 

「fare」動詞的意思是「做」或「當」；「fare」動詞是不規則動詞。「fare」動詞的變化如下：

fare｜做

faccio	facciamo
fai	fate
fa	fanno

5. il fotografo
   la fotografa

6. l'impiegato
   l'impiegata

7. l'operaio
   l'operaia

8. il cameriere
   la cameriera

9. il parrucchiere
   la parrucchiera

10. il pasticciere
    la pasticciera

11. l'infermiere
    l'infermiera

12. il barista
    la barista

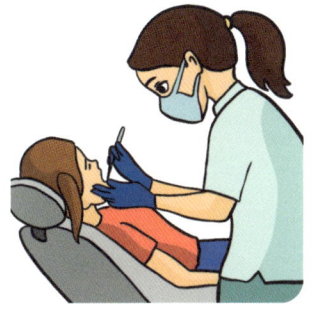

13. il dentista
    la dentista

14. l'autista

15. l'architetto

16. l'avvocato

17. la guida turistica

18. il medico

19. l'ingegnere

20. l'insegnante

E.3.12 他做什麼工作？

請看圖回答問題。

1. Che lavoro fa Vincenzo?

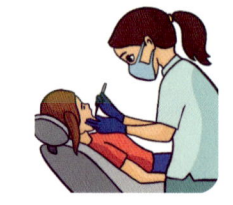

2. Che lavoro fa Viviana?

3. Che lavoro fa Adriana?

4. Che lavoro fa Silvano?

5. Che lavoro fa Franco?

6. Che lavoro fa Stefania?

3.3.b 「fare」動詞

Francesca fa le pulizie.
Francesca打掃。

1. fare le pulizie
   打掃

2. fare il bucato
   洗衣服

3. fare un regalo
   送禮

4. fare una telefonata
   打電話

5. fare i bagagli
   收拾行李

6. fare un viaggio
   旅行

7. fare una foto
   拍照

8. fare la fila
   排隊

9. fare una passeggiata
   散步

E.3.13 Paolo做什麼？

請看圖完成以下句子。

1. Paolo _____ mentre _____.

2. Paolo e Francesca _____ insieme.

3. Paolo _____ a Francesca.

4. Paolo _____ a Francesca.

3.3.c 創造外語環境

很多人以為只要去說那個語言的國家唸書或打工，就可以學會外語了！雖然住在國外對語言程度的提升有一定的幫助，但不能太天真地以為只要待在那邊就可以不費吹灰之力地學會外語！你是不是認識很多在台灣或中國住了幾十年卻仍然不會講中文的老外呢？所以，為了學會外語，出國並非必要條件，畢竟如今世界因為網路的關係彷彿真的縮小了！你唯一要做的是為自己創造外語環境。但是什麼樣的創造法呢？比如說，你可以加入與義大利語或義大利文化相關的臉書群組或網頁、訂閱與義大利語或義大利文化相關的YouTube頻道和podcast、將學習義大利語的應用程式下載到你的手機、經常看線上的義大利語電影、電視、日報或雜

誌、在圖書館或書店找出符合你興趣的義大利語或文化書籍、天天收聽義大利語流行音樂和電台等。或者可以瀏覽 sialiacademy.com，西雅力學院的官網：

- **下載**更多《6個月學會義大利語》系列教材的學習素材
- **觀看**有關於發音、語法、文化的短片
- **尋求**老師的線上協助
- **尋找**符合你的興趣的課程：旅遊義語、廚房義語、速成義語等
- **閱讀**針對各種程度學生的短文
- **認識**更多志同道合的朋友

3.3.d 先聽後說

為了學會外語，很多人以為要多說才對，不過許多有關外語教學的研究都指出這個見解並不完全正確。對於中高階的學習者而言，想要進步當然需要多做說與寫的練習，但是初階的學習者最需要的反而是聽力練習，因為有輸入才能輸出，方能學以致用。多做聽力練習，才能熟悉一個語言的發音與語調；學會了發音，才能夠說出一口流利通順的語言。畢竟學習外語不僅是單純為了說外語，更是為了能表意、達意與交流。若想辦到這一點，培養良好的聽力便是一個不可或缺的先決條件，而且聽力很好的學生還可以持續擴大詞彙量和深化記憶。也許你有過類似的經驗：有人告訴你他的名字，但是你沒聽清楚，你很快就忘了那個人的名字。或者你天天坐捷運時都在看英語檢定的詞彙表，不過不管再怎麼看，都背不起來！由此可知，學習外語的關鍵不在於「看」，「聽」才是重點。

因此，尤其是初級生應該要每天撥出時間聽義大利語。但你可能不住在義大利，所以要怎麼樣才能做到這一點呢？如今我們可以透過網路看到不少義大利電影、短片或電視節目，也可以收聽義大利的音樂和廣播。不過如果你一開始便採取這種方式，很快就會感到氣餒，因為難度實在太高了！為了協助你快速進步，我們編寫了《6個月聽懂義大利語A1》。這一本的聽力練習會幫助你再也不怕聽到義大利語，相反地，你愈來愈能猜出語意，並享受隨之而來的成就感！再者，這一本書的單元一會使你更透徹地瞭解義大利語發音。因此，鼓勵你善用《6個月聽懂義大利語A1》，你會發現你的聽力和發音會有神奇的進步！

LEZIONE 4
第 4 課

Le preposizioni
義大利語介系詞

4.1 La vita quotidiana di Paolo
Paolo的日常

- **4.1.a** 常見日常生活動詞（一）
- **4.1.b** 直陳式現在時（一）
- **4.1.c** 現在幾點？
- **4.1.d** 反身動詞

4.2 Paolo va a scuola
Paolo去學校

- **4.2.a** 義大利語介系詞
- **4.2.b** 介系詞「a」
- **4.2.c** 介系詞「in」
- **4.2.d** 「andare」動詞

4.3 La vita quotidiana di Francesca
Francesca的日常

- **4.3.a** 常見日常生活動詞（二）
- **4.3.b** 頻率副詞
- **4.3.c** 介系詞「da」
- **4.3.d** 直陳式現在時（二）

4.1 La vita quotidiana di Paolo
Paolo的日常

- **4.1.a** 常見日常生活動詞（一）
- **4.1.b** 直陳式現在時（一）
- **4.1.c** 現在幾點？
- **4.1.d** 反身動詞

4.1.a 常見日常生活動詞（一）

E.4.1 常見日常生活動詞（一）

請看圖猜這些生詞的意思。

1. fare colazione
2. prendere un caffè 
3. chiacchierare 
4. pranzare 
5. studiare 
6. leggere 
7. suonare 
8. cenare 
9. guardare 

64

E.4.2 Paolo的日常

請閱讀短文，然後整理Paolo一天的活動。

Alle 8 Paolo fa colazione e poi va a scuola in metro. Alle 10:30 prende un caffè e chiacchiera con i colleghi. A mezzogiorno torna a casa per pranzare e riposare. Il pomeriggio studia, legge il giornale e suona la chitarra. La sera cena con la moglie e guarda un po' la TV.

	8:00	fa colazione, va a scuola
mattina	10:30	
	12:00	
pomeriggio		
sera		

1. fare colazione
吃早餐

2. fare pranzo / pranzare
吃中餐

mangiare
吃

3. fare merenda
喝下午茶

4. fare cena / cenare
吃晚餐

4.1.b 直陳式現在時（一）

「直陳式現在時」表示敘述者說話時所發生的事情，也可以表示習慣發生的動作。義大利語的動詞，可依原形動詞結尾的不同，分為「-are」、「-ere」、「-ire」三組，每組各有其不同的動詞變化。「直陳式現在時」的變化方式如下：

cenare｜吃晚餐	leggere｜閱讀	dormire｜睡覺
ceno	leggo	dormo
ceni	leggi	dormi
cena	legge	dorme

「直陳式現在時」的變化超級簡單！動詞變化通常容易嚇到學習者，是因為光看就覺得頭痛，但只要分析前面的表格，就會發現其實一點都不難！

- 第一人稱單數「io」，不管是哪一個組別都是「-o」。
- 第二人稱單數「tu」，不管是哪一個組別都是「-i」。

4.1.c 現在幾點？

Sono le + 小時 + e + 分鐘

1. Sono le due.
   兩點。
2. Sono le due e cinque.
   兩點五分。
3. Sono le due e dieci.
   兩點十分。

為什麼「sono」後面要加定冠詞「le」？
因為原則上我們應該回答「sono le (ore) due」，卻省略陰性複數名詞「ore」（小時）。

4. Sono le due **e** un quarto.
兩點和四分之一。

5. Sono le due **e** venti.
兩點二十分。

6. Sono le due **e** mezza.
兩點半。

Sono le + 小時 + **meno** + 分鐘

7. Sono le tre **meno** venti.
三點減掉二十分鐘。

8. Sono le tre **meno** un quarto.
三點減掉四分之一。

9. Sono le tre **meno** dieci.
三點減掉十分鐘。

10. Sono le tre **meno** cinque.
三點減掉五分鐘。

何時該用「sono」？何時該用「è」？

用義大利語表達時間使用第三人稱複數「sono」，例如：

1. **Sono** le tre.
三點。

2. **Sono** le quattro.
四點。

但在這三種情況使用第三人稱單數「è」：

1:00　　　　　12:00　　　　　00:00

① È l'una.　　② È mezzogiorno.　　③ È mezzanotte.
　一點。　　　　中午。　　　　　　　半夜。

E.4.3 現在幾點？

請依照範例回答問題。例：

3:00

Sono le tre.

① 4:15

② 4:30

③ 5:40

④ 1:20

⑤ 12:15

⑥ 7:05

4.1.d 反身動詞

1. alzar**si**｜起床
2. far**si** la doccia｜淋浴 
3. rader**si**｜刮鬍子 
4. lavar**si** i denti｜刷牙 
5. pettinar**si**｜梳頭髮 
6. vestir**si**｜穿衣服 

Alle 6 di mattina Paolo si alza, si fa la doccia, si rade, si lava i denti, si pettina e si veste.
早上 6 點 Paolo 起床、淋浴、刮鬍子、刷牙、梳頭髮及穿衣服。

- 你一定發現在上述課文中，動詞的前面出現「si」這個「反身代詞」。
- 當一個動詞遇上了反身代詞，本動詞就變成「反身動詞」。
- 何謂「反身動詞」呢？請看以下例句。

A. Paolo pettina Francesca.
　 Paolo 幫 Francesca 梳頭髮。

B. Paolo si pettina.
　 Paolo 梳自己的頭髮。

在句子「A」，Paolo是主詞，即Paolo進行「梳頭髮」的行動，Francesca是受詞，即Francesca受Paolo所進行的行動的結果。Paolo的動作在Francesca的身上產生變化，讓Francesca的頭髮變得很整齊。

在句子「B」，Paolo既是主詞又是受詞，就是說他所進行的「梳頭髮」的行動在自己的身體上產生變化。

因此，如果你想說「我洗汽車」就會說「Io lavo la macchina」，但是如果你想說「我洗澡」，就要說「Io mi lavo」，在動詞前面要加上反身代詞「mi」，因為這個行動在你自己的身體上產生變化。

對華語母語者來說，瞭解和運用「反身動詞」一開始比較不容易，因為華語的語法缺乏相對的語法項目。所以你要怎麼習得「反身動詞」呢？只要記得以下兩點：

- 如果動詞的前面出現「反身代名詞 mi、ti、si、ci、vi、si」，你就知道那個一定是個「反身動詞」。
- 如果這個行動在主詞的身上造成變化，就要在動詞的前面加上「反身代名詞」。

「反身動詞」描述主語的動作涉及到動作者本人。義大利語中幾乎所有的動詞都有反身形式，反身動詞的變化與現在時的變化一模一樣，但是反身動詞的前面必須加上「反身代名詞 mi、ti、si、ci、vi、si」。例如：

alzarsi	起來	
io	**mi**	alzo
tu	**ti**	alzi
lui / lei	**si**	alza

E.4.4 反身動詞

請寫出下列「反身動詞」的變化。請先根據動詞的結尾辨別動詞的組別，再寫出動詞變化。

		farsi 做	**chiamarsi** 叫	**svestirsi** 脫衣服	**spogliarsi** 脫
io	mi				
tu	ti				
lui / lei	si				

	lavarsi 洗澡	pettinarsi 梳頭髮	vestirsi 穿衣服	mettersi 穿
io	**mi**			
tu	**ti**			
lui / lei	**si**			

「vestirsi」和「mettersi」有什麼差別？

「vestirsi」後面不能加受詞,「mettersi」後面才能加受詞。所以如果你想指定穿哪一件衣服,必須使用「mettersi」。

Paolo穿衣服。
Paolo si veste.

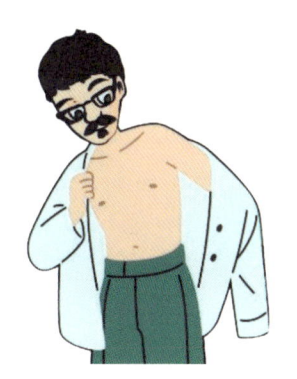

Paolo穿襯衫。
❌ Paolo si veste la camicia.
✓ Paolo si mette la camicia.

E.4.5 Paolo的日常早晨

請以適合的動詞填空。

1. La mattina Paolo (radersi) _____ .

2. (mettersi) _____ la camicia e la cravatta.

3. (bere) _____ il latte con i cereali.

4. (leggere) _____ il giornale.

5. (baciare) _____ la moglie.

6. (prendere) _____ la metro.

4.2 Paolo va a scuola
Paolo去學校

- **4.2.a** 義大利語介系詞
- **4.2.b** 介系詞「a」
- **4.2.c** 介系詞「in」
- **4.2.d** 「andare」動詞

4.2.a 義大利語介系詞

義大利語的介系詞總共有11個:「di、a、da、in、con、su、per、tra、fra、sopra、sotto」,其中最常用的介系詞是「a、in、con、per」,例如:

1. Paolo va **a** scuola.
   Paolo去學校。
   a ➕ 場所

2. Paolo va a scuola **in** metro.
   Paolo搭地鐵去學校。
   in ➕ 交通工具

3. Paolo chiacchiera **con** i colleghi.
   Paolo與同事聊天。
   con ➕ 同伴

4. Paolo torna a casa **per** pranzare.
   Paolo回家吃中餐。
   per ➕ 目的【per ➕ 原形動詞】

如果想學習更多的介系詞,請參考本書的附錄1「語法篇」。

4.2.b 介系詞「a」

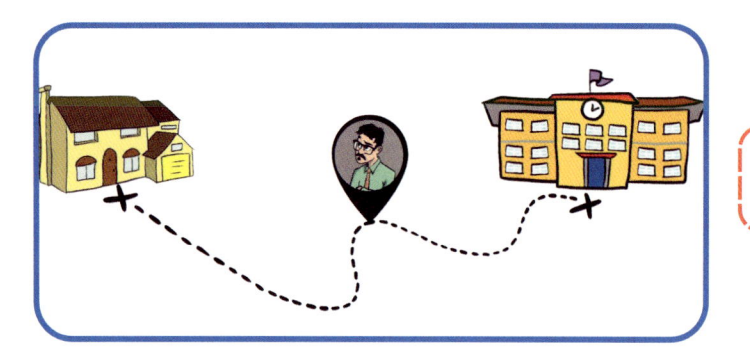

Paolo va a scuola.
Paolo去學校。

介系詞「a」接場所,例如:

Chiara lavora a teatro.
Chiara在劇院工作。

請分析這3個句子:

- Domenica vado **allo** stadio a vedere la partita.
  星期天我要去體育館看足球比賽。

  lo stadio → a + lo stadio = allo stadio

- Domani vado **all'**ospedale a trovare mia nonna.
  明天我要去醫院看奶奶。

  l'ospedale → a + l'ospedale = all'ospedale

- Andiamo **al** bar!
  我們去咖啡廳吧!

  il bar → a + il bar = al bar

「a」與所修飾場所的定冠詞結合,形成「縮合介系詞」:

	il	lo	la	i	gli	le	l'
a	al	allo	alla	ai	agli	alle	all'

以下例句也是相同的用法：

Paolo fa colazione **alle** 8.
Paolo 8點吃早餐。

 a **+** le (ore) 8 **=** alle 8

Facciamo **alle** 6!
我們約6點吧！

關於介系詞「a」，如果想瞭解更多，請參考本書的附錄1「語法篇」。

4.2.c 介系詞「in」

Paolo va a scuola in metro.
Paolo搭地鐵去學校。

介系詞「in」搭配交通工具：

1. metro
2. autobus 
3. macchina 
4. moto 
5. bicicletta 
6. tram 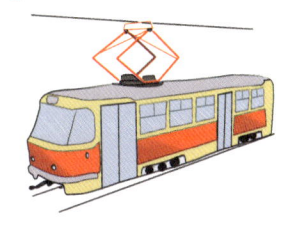

75

⑦ scooter 　　　　　⑧ treno 　　　　　⑨ aereo

4.2.d 「andare」動詞

「andare」動詞等於中文的動詞「去」，是個不規則動詞。「andare」動詞的現在時的變化如下：

andare	去
vado	andiamo
vai	andate
va	vanno

請對照以下這兩個句子，你領悟到什麼呢？中文的「去」動詞跟義大利語的「andare」動詞有什麼差異呢？

我們去劇院吧！
Andiamo **a** teatro!

中文的「去」後面可以直接加場所，但是義大利語「andare」動詞和場所之間需要加介系詞「a」。

請對照以下這兩個句子，你領悟到什麼呢？中文的「去」動詞跟義大利語的「andare」動詞有什麼差異呢？

我們去跳舞吧！
Andiamo **a** ballare!

中文的「去」後面可以直接加動詞，但是義大利語「andare」動詞和原形動詞之間需要加介系詞「a」。

4.3 La vita quotidiana di Francesca
Francesca的日常

- **4.3.a** 常見日常生活動詞（二）
- **4.3.b** 頻率副詞
- **4.3.c** 介系詞「da」
- **4.3.d** 直陳式現在時（二）

4.3.a 常見日常生活動詞（二）

E.4.6 常見日常生活動詞（二）

請看圖猜這些生詞的意思。

1. fare le pulizie
2. fare il bucato 
3. fare la spesa 
4. andare in palestra 
5. pranzare con i suoceri 
6. andare dalla parrucchiera

7. uscire con gli amici 　　**8.** vedere un film 　　**9.** fare una passeggiata

4.3.b 頻率副詞

E.4.7 Francesca的日常

請先閱讀課文，然後填空Francesca每週的時間表。

Il lunedì mattina Francesca fa le pulizie e il bucato, il pomeriggio **a volte** va al supermercato a fare la spesa. Il lunedì, il mercoledì e il venerdì sera va **sempre** in palestra. Il martedì, il mercoledì, il giovedì e il venerdì lavora. Il giovedì sera **solitamente** vede un film al cinema con le amiche. Il sabato mattina va dalla parrucchiera, la sera **spesso** esce con gli amici. La domenica pranza con i suoceri, poi a volte va al parco a fare una passeggiata con Paolo. Insomma, Francesca non riposa **mai**!

	mattina	pomeriggio	sera
lunedì			andare in palestra
martedì			
mercoledì			andare in palestra
giovedì			
venerdì			andare in palestra
sabato			
domenica			

頻率副詞

▮▮▮▮▮	sempre｜總是
▮▮▮▮	spesso｜常常
▮▮▮	solitamente｜通常
▮▮	a volte｜有時候
▯	mai｜總不

頻率副詞通常放在動詞的前面，但「sempre」要放在動詞的後面。「mai」要跟否定副詞「non」一起搭配：

non ✚ 動詞 ✚ mai

加不加定冠詞「il」的差別：

A. Il lunedì Francesca va in palestra.
每個星期一Francesca去健身房。

B. Lunedì Francesca va in palestra.
這個星期一Francesca要去健身房。

A martedì!
星期二見！

Alla prossima settimana!
下星期見！

Buon fine settimana!
祝你週末愉快！

4.3.c 介系詞「da」

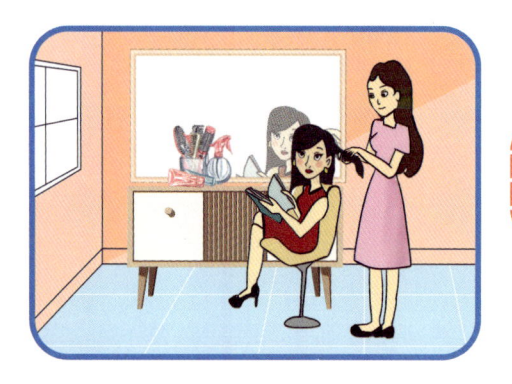

> *Francesca va dalla parrucchiera.*
> Francesca去美髮師那裡。

請對照以下兩個句子:

A. Francesca va al salone di bellezza.
Francesca去髮廊。

B. Francesca va dalla parrucchiera.
Francesca去美髮師那裡。

a + 處所   da + 職業

如果要去一個地方,動詞與處所之間加「a」;如果要去找一個人,動詞與處所之間加「da」。請對照以下三個句子:

Francesca va da Paolo.
Francesca去Paolo那裡。

da + 人名

Francesca va dalla parrucchiera.
Francesca去美髮師那裡。

da + 職業

la parrucchiera ➡ da + la parrucchiera = dalla parrucchiera

Francesca va dal dottore.
Francesca去看醫生。

da + 職業

il dottore ➡ da + il dottore = dal dottore

「da」與所修飾職業的定冠詞結合,形成「縮合介系詞」:

	il	lo	la	i	gli	le	l'
da	dal	dallo	dalla	dai	dagli	dalle	dall'

如果關於「縮合介系詞」想了解更多,請參考本書的附錄1「語法篇」。

4.3.d 直陳式現在時（二）

在4.1.b你已經學過「直陳式現在時」的單數人稱的變化，現在讓我們學習複數人稱的變化。

cenare｜吃晚餐	**leggere**｜閱讀	**dormire**｜睡覺
cen**o**	legg**o**	dorm**o**
cen**i**	legg**i**	dorm**i**
cen**a**	legg**e**	dorm**e**
cen**iamo**	legg**iamo**	dorm**iamo**
cen**ate**	legg**ete**	dorm**ite**
cen**ano**	legg**ono**	dorm**ono**

「直陳式現在時」的變化超級簡單！動詞變化通常容易嚇到學習者，是因為光看就覺得頭痛，但只要跟我一起分析前面的表格，就會發現其實一點都不難！

- 第一人稱複數「noi」，不管是在哪一個組別都是「-iamo」。

- 「-ere」組和「-ire」組的第三人稱複數一樣是「-ono」，第三人稱複數的重音落在倒數第三個音節，所以應該要唸ce-na-no、leg-go-no、dor-mo-no。

E.4.8 直陳式現在時

請寫出以下動詞的「直陳式現在時」。請記得要先看動詞的結尾，來辨別該動詞屬於哪一組，再寫出變化。

prendere｜拿　　**tornare**｜回　　**guardare**｜看　　**vestire**｜穿衣服

規則動詞的變化都很容易！可惜，義大利語也有些不規則動詞，例如「fare」（做）、「uscire」（出去）、「andare」（去）等，這些不規則動詞的變化只能死背！

dare｜給

do
dai
da
diamo
date
danno

dire｜告訴

dico
dici
dice
diciamo
dite
dicono

uscire｜出去

esco
esci
esce
usciamo
uscite
escono

venire｜來

vengo
vieni
viene
veniamo
venite
vengono

bere｜喝

bevo
bevi
beve
beviamo
bevete
bevono

salire｜上

salgo
sali
sale
saliamo
salite
salgono

LEZIONE 5
第 5 課

I verbi
義大利語動詞

5.1 I passatempi di Paolo
Paolo的休閒活動

- **5.1.a** 「stare」動詞
- **5.1.b** 現在進行式
- **5.1.c** 「sapere」動詞
- **5.1.d** 情態動詞

5.2 I passatempi di Francesca
Francesca的休閒活動

- **5.2.a** 直陳式近過去時（一）
- **5.2.b** 公共場所
- **5.2.c** 方位詞
- **5.2.d** 直陳式近過去時（二）

5.3 Strategie di apprendimento
學習策略

- **5.3.a** 如何背單字
- **5.3.b** 勇敢挑戰難度高的練習
- **5.3.c** 擬定學習計畫
- **5.3.d** 向別人求助

5.1 I passatempi di Paolo
Paolo的休閒活動

- **5.1.a** 「stare」動詞
- **5.1.b** 現在進行式
- **5.1.c** 「sapere」動詞
- **5.1.d** 情態動詞

5.1.a 「stare」動詞

> Paolo *sta per* mangiare.
> Paolo正要吃飯。

到目前為止，我們已經學到了3個極為常用的動詞：「avere」（有）、「essere」（是）和「fare」（做）。現在要學習另一個同樣很常用的動詞，即「stare」（在）動詞。

stare	在
sto	stiamo
stai	state
sta	stanno

「stare per + 原形動詞」用來描述即將要發生的行動，例如：

1. Paolo sta per uscire.
   Paolo正要出門。

2. Paolo sta per prendere il caffè.
   Paolo正要喝杯咖啡。

3. Paolo sta per telefonare.
   Paolo正要打電話。

4. Paolo sta per aprire la finestra.
   Paolo正要開窗。

5. Paolo sta per leggere.
   Paolo正要讀一本書。

6. Paolo si* sta per fare la doccia.
   Paolo正要淋浴。

＊「stare」動詞搭配反身動詞使用時，反身代名詞須放在「stare」動詞的前面。

5.1.b 現在進行式

Cosa **sta facendo** Paolo?
Paolo**正在**做什麼？

Paolo **sta suonando** la chitarra.
Paolo**正在**彈吉他。

請你分析以下兩個句子：

A. Paolo **sta per mangiare**.
Paolo**正要**吃飯。

B. Paolo **sta mangiando**.
Paolo**正在**吃飯。

「stare per + 原形動詞」用來描述即將要發生的行動，而「stare」加上「副動詞」用來描述正在發生的行動。義大利語的「副動詞」與英語的「動名詞-ing」的用法很類似，以下是副動詞的構成方式。

副動詞

-are	-ere	-ire
-ando	-endo	-endo

1. Paolo sta studi**ando**.
Paolo正在學習。

2. Paolo sta legg**endo**.
Paolo正在閱讀。

3. Paolo sta cant**ando**.
Paolo正在唱歌。

4. Paolo sta guard**ando** la TV.
Paolo正在看電視。

5. Paolo si* sta fac**endo** la doccia.
Paolo正在淋浴。

6. Paolo si sta vest**endo**.
Paolo正在穿衣服。

7. Paolo si sta lav**ando** i denti.
Paolo正在刷牙。

8. Paolo si sta pettin**ando**.
Paolo正在梳頭髮。

*「stare」動詞搭配反身動詞使用時，反身代名詞須放在「stare」動詞的前面。

5.1.c 「sapere」動詞

> *Cosa sa fare Paolo?*
> Paolo會做什麼？

> *Paolo sa cantare.*
> Paolo會唱歌。

「sapere」動詞有兩個意思：

- 「sapere」動詞等於中文的「知道」，例如「Sai dov'è la banca?」即「你知道銀行在哪裡嗎？」。

- 「sapere」動詞當助動詞的時候，表示具有某項才能，相當於英語的「can」，中文可翻成「會」。例如「Paolo sa cantare」，可翻譯為「Paolo會唱歌」。「sapere」當助動詞使用時，後面接原形動詞，例如：

sapere	會
so	sappiamo
sai	sapete
sa	sanno

1. Francesca sa parlare cinese, inglese, italiano e spagnolo.
   Francesca會說中文、英文、義大利文和西班牙文。

2. Paolo sa suonare la chitarra.
   Paolo會彈吉他。

3. Luca sa giocare a pallacanestro.
   Luca會打籃球。

詢問別人是否會做某件事，要運用的句型是「sapere + 原形動詞?」，例如：

Sai disegnare?
你會畫畫嗎？

Sì, so disegnare.
是的，我會。

No, non so disegnare.
不，不會。

E.5.1　Francesca會四種語言

請根據以下範例，看圖回答問題。

Francesca sa parlare giapponese?
Francesca會說日文嗎？

No, non sa parlare giapponese, ma sa parlare cinese, inglese, spagnolo e italiano.
不，她不會說日文，但是她會說中文、英文、西班牙文和義大利文。

1. Luca sa giocare a calcio?
   No, _____ ,
   ma _____ .

2. Paolo sa suonare il violino?
   No, _____ ,
   ma _____ .

E.5.2 休閒活動

請看圖猜這些生詞的意思。

1. suonare il violino
2. suonare il piano 
3. cantare 
4. giocare a pallavolo 
5. giocare a volano 
6. giocare a pallacanestro 
7. giocare a calcio 
8. sciare 
9. pattinare 
10. nuotare 
11. ballare 
12. cucinare 
13. disegnare 
14. guidare 
15. andare in bicicletta

5.1.d 情態動詞

*Paolo **vuole** andare in vacanza!*
Paolo**想**去度假！

「volere｜想要」、「potere｜可以」、「dovere｜必須」，叫做「情態動詞」。這些後面可以直接加上一個原形動詞，例如：

1. **Voglio** trasferirmi in Italia!
   我想搬到義大利去！

2. **Vuoi** mangiare una pizza?
   你想吃披薩嗎？

3. **Voglio** cambiare lavoro.
   我想換工作。

4. **Vuole** divorziare.
   他想離婚。

volere｜想要	
voglio	vogliamo
vuoi	volete
vuole	vogliono

5. **Posso** pagare con carta?
   我可以刷卡付款嗎？

6. **Posso** provare la gonna in vetrina?
   我可以試穿櫥窗裡的裙子嗎？

7. **Posso** usare il bagno?
   我可以用洗手間嗎？

8. Adesso **puoi** giocare ai videogiochi.
   現在你可以玩電動了。

potere	可以
posso	possiamo
puoi	potete
può	possono

---

9. **Devi** finire tutti i compiti.
   你必須完成所有功課。

10. **Devo** risparmiare il più possibile.
    我必須盡可能地省錢。

11. **Devi** ordinare la camera prima di uscire!
    出門前你必須整理房間！

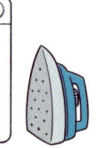

12. **Devo** pulire casa, lavare i piatti, lavare, piegare o stirare i vestiti.
    我必須打掃房子、洗碗、洗、摺或燙衣服。

dovere	必須
devo	dobbiamo
devi	dovete
deve	devono

如果關於情態動詞想了解更多，請參考本書的附錄1「語法篇」。

5.2 I passatempi di Francesca
Francesca的休閒活動

- **5.2.a** 直陳式近過去時（一）
- **5.2.b** 公共場所
- **5.2.c** 方位詞
- **5.2.d** 直陳式近過去時（二）

5.2.a 直陳式近過去時（一）

E.5.3 昨天Francesca看了一部電影

請把以下短文翻成中文。

Ieri Francesca prima **è andata** in libreria e **ha ordinato** dei libri, poi **ha fatto** cena con Paolo al ristorante di fronte al cinema. Alla fine **ha visto** un film con Paolo ed **è tornata** a casa dopo mezzanotte.

1. 近過去時描述已經完成了的行動。

2. 近過去時由「avere」助動詞 + 過去分詞組成的，例如：

    Ieri Francesca **ha ordinato** dei libri.

過去分詞的變位

-are	-ato
-ere	-uto
-ire	-ito

③ 但是移動動詞和反身動詞用「essere」助動詞組成近過去時，例如：

　　Ieri Francesca **è tornata** a casa dopo mezzanotte.

請注意：位於「essere」助動詞後面的過去分詞要跟主詞保持詞性和數量一致。

④ 在第2課中，我們學過「avere」動詞可以表示感覺、年齡、擁有。在第3課中，我們學過「essere」動詞。除此之外，這兩個動詞還能當助動詞使用，與過去分詞形成複合時態，比如這一課的近過去時。

如果關於近過去時想了解更多，請參考本書的附錄1「語法篇」。

5.2.b 公共場所

E.5.4 公共場所

請看圖猜這些生詞的意思。

> Ieri Francesca è andata in **libreria**.
> Francesca昨天去了**書店**。

① la posta　　② il commissariato　　③ il museo

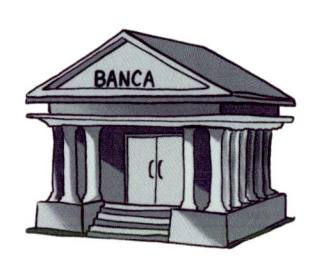

④ l'ospedale　　⑤ la banca　　⑥ la chiesa

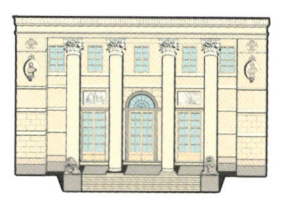

7. il municipio

8. lo stadio

9. la scuola

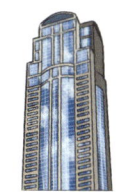

10. il palazzo

11. il parco

12. il bar

13. il ristorante

14. la farmacia

15. il cinema

16. il supermercato

17. il negozio

18. il distributore di benzina

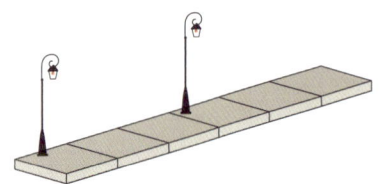

19. il marciapiede

20. la strada

21. le strisce pedonali

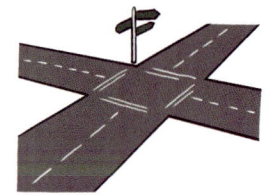

22. l'incrocio

23. il semaforo

24. il ponte

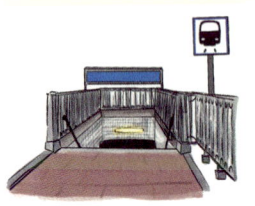

25. la fermata della metro

26. la fermata dell'autobus

27. la piazza

28. la fontana

29. la statua

5.2.c 方位詞

Francesca ha fatto cena con Paolo al ristorante **di fronte al** cinema.
Francesca跟Paolo在電影院**對面**的餐廳吃了晚餐。

E.5.5 方位詞

請根據圖畫推論出方位詞的意思。

1. Il cinema è **di fronte al** ponte.
   di fronte a | 對面

2. Il bar è **accanto al** commissariato.
   accanto a |

3. La statua è **al centro del** parco.
   al centro di |

4. Il municipio è **tra** il bar e il ristorante.
   tra |

5. Lo stadio è **dietro** la banca.
   dietro |

6. La fermata dell'autobus è **davanti al** palazzo.
   davanti a |

5.2.d 直陳式近過去時（二）

Francesca ha fatto cena con Paolo.
Francesca跟Paolo吃了晚餐。

Francesca ha visto un film con Paolo.
Francesca跟Paolo看了一部電影。

「近過去時」由「avere」助動詞與動詞的過去分詞組成。有些動詞的過去分詞是不規則的，例如「vedere / visto」和「fare / fatto」。

最常見的不規則過去分詞

1. fare → fatto
2. dire → detto
3. scrivere → scritto
4. leggere → letto
---
5. vedere → visto
6. rispondere → risposto
7. chiedere → chiesto
---
8. accendere → acceso
9. chiudere → chiuso
10. decidere → deciso
11. prendere → preso
---
12. vivere → vissuto
13. venire → venuto

14. succedere → successo
15. mettere → messo
---
16. aprire → aperto
17. offrire → offerto
18. scoprire → scoperto
---
19. essere → stato
20. spegnere → spento
---
21. correre → corso
22. perdere → perso

5.3 Strategie di apprendimento
學習策略

- **5.3.a** 如何背單字
- **5.3.b** 勇敢挑戰難度高的練習
- **5.3.c** 擬定學習計畫
- **5.3.d** 向別人求助

5.3.a 如何背單字

學習新的語言時，最大的功夫就是背超級多的單字。以下介紹四個很有效的方法：相反法、圖像法、關聯法和蜘蛛網法，教你如何背單字。

相反法

這個方法適用於背形容詞和動詞。每次學到新的形容詞或動詞，不妨立刻背起它的相反詞。例如：

🏛 形容詞

grande	piccolo	lungo	corto	bella	brutta
大的	小的	長的	短的	漂亮的、帥的	醜的

giovane	anziano	alto	basso	magra	grossa	felice	triste
年輕的	老的	高的	矮的	瘦的	胖的	開心的	傷心的

動詞

sedersi	alzarsi	vestirsi	spogliarsi	entrare	uscire
坐下	站起來	穿衣服	脫衣服	進去	出來

 accendere	spegnere	scendere	salire	aprire	chiudere
開機	關機	下	上	開	關

comprare	vendere	piangere	ridere
買	賣	哭	笑

圖像法

　　之所以要使用學習卡，是因為圖像與文字搭配能輔助並強化記憶，且能幫助你回想起所學的語文，並且提高學習的樂趣。可以自己畫學習卡，然後背面附上目的語和母語的文字。如果你想運用學習卡輔助你的記憶，但是不想自己製造，並且想要參考一些使用學習卡的好方法和遊戲，鼓勵你善用我們所出版的《用學習卡學7國語言》。

關聯法

這個方法適用於背形容詞、名詞和動詞。先定一個主題，然後想起所有與該主題相關的詞彙，例如：

cibo 食物

- mangiare 吃
- bere 喝
- fare colazione 吃早餐
- pranzare 吃中餐
- cenare 吃晚餐

vestiti 衣服

- gonna 裙子
- maglietta T恤
- camicetta 女用襯衫
- pantalone 褲子
- felpa 帽T
- camicia 襯衫
- giubbotto 外套

蜘蛛網法

這個方法可以用來學會名詞與它們所搭配的形容詞，或者動詞與它們所搭配的名詞，例如：

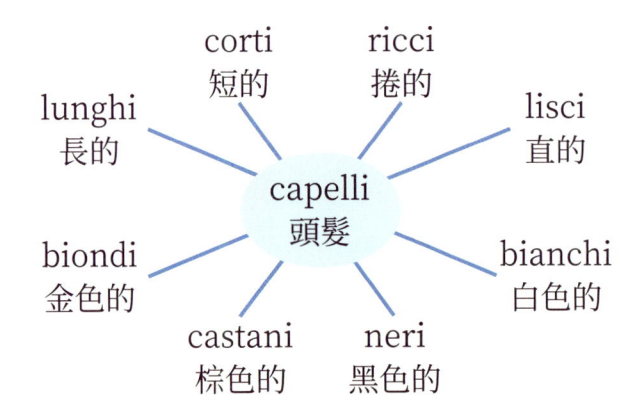

capelli 頭髮

- lunghi 長的
- corti 短的
- ricci 捲的
- lisci 直的
- biondi 金色的
- castani 棕色的
- neri 黑色的
- bianchi 白色的

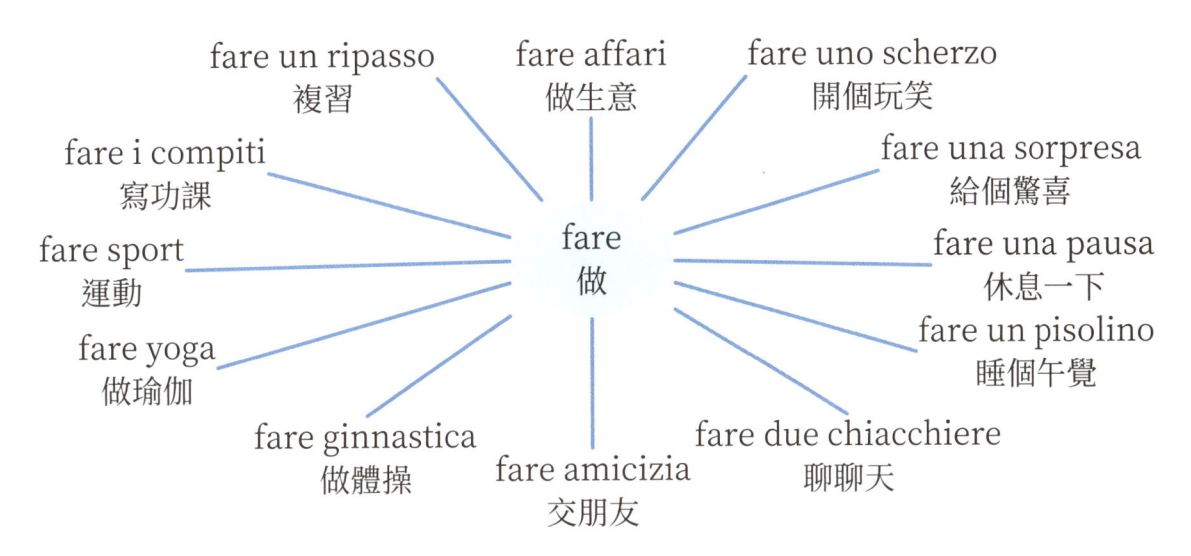

```
      fare un ripasso      fare affari       fare uno scherzo
          複習              做生意               開個玩笑

  fare i compiti                                    fare una sorpresa
     寫功課                                              給個驚喜
                              fare
  fare sport                    做                fare una pausa
    運動                                              休息一下

  fare yoga                                       fare un pisolino
    做瑜伽                                            睡個午覺

        fare ginnastica                   fare due chiacchiere
           做體操         fare amicizia          聊聊天
                          交朋友
```

5.3.b 勇敢挑戰難度高的練習

　　所有的課本在介紹了生詞或語法結構之後，都會提供相關的代換或填寫練習。此類練習的用意在於讓學生輕鬆地接觸外語，並理解如何運用所學的內容。這類的練習廣受大部分的學生歡迎，因為它們既不費腦力又帶來成就感。不過要知道，靠著這類的練習是無法學會外語的，因為這些練習只是用來學會新的語法結構或生詞的第一步而已。此類練習雖然不可或缺，但它們無法幫助你內化新知，真的能讓學習更上一層樓的是聽力、會話和作文等難度較高的練習。簡言之，每當你在練習時開始感覺頭腦有點累，這代表你正在學入新的語言，相反地，如果你練習外語時絲毫沒有累的感覺，你的頭腦很可能根本沒在吸收什麼。

　　學習外語時難免會遇到看不懂或者聽不懂的時候。比如說，做聽力練習時，可能有百分之四十以上的詞彙都聽不懂。這時候，與其執著於聽不懂的部分，不如運用「容忍原則」，坦然接受總是會有些你聽不懂的地方，然後把注意力集中在你聽得懂的片段，最後透過這些線索做出有意義的推測。同樣地，學習語法時，往往一時間無法徹底理解語法結構如何使用，以及為什麼要這樣用。這時候，與其花一大堆時間和精神勉強弄懂你目前無法全面理解的語法，不如暫時將它拋到腦後。如此一來，你會發現幾週之後突然領悟出先前弄不懂的語法。「容忍原則」可降低挫折感，避免產生沮喪的感覺並剷除放棄學習外語的念頭。最重要的是，他會幫助你善用你的時間和精力。

5.3.c 擬定學習計畫

想學習外語的學習者大多會犯一個錯誤：他們會找一家很有名的外語學校或補習班，每週上一至兩堂課，回家不做作業或草草了事，並且在下一次上課前都不接觸外語。不用說，這種學習方法不但無法幫助學習者快速進步，反而會立刻帶來挫折感，幾個月以後，學習者可能心灰意冷而會改學其他的語言或做出以下的負面結論：「我不是學習外語的料！」但其實只要掌握正確的學習方法，每個人都有學會任何語言的能力。

調整時間表

想學好一個新的語言是需要付出時間的。尤其是頭三個月，學習者必須天天接觸該語言，因此在開始學習外語之前，首先要做的，便是調整你的時間表。學習外語意味著培養新的習慣，例如天天撥出一些時間聽外語的語音檔、音樂，或是收看短片或閱讀外語的文章、雜誌、書籍等。換句話說，首要之務是仔細思考自己一天裡有哪些時段能空出來接觸外語。

定下合理的目標

出發前，要先選定目的地並規畫路線。如果定下太高的目標只會增加挫折感，相反地，對自己的學習完全沒有期待或計畫，只會削弱持續學習的動力。你可以跟老師討論，以確認每堂課過後、兩週後或一個月過後的階段性學習目標。一旦定下了目標，便應努力朝目標邁進。

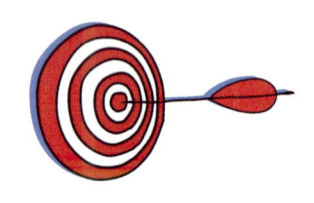

5.3.d 向別人求助

挑選專業的外語老師

如果你已經通曉或學過其他的外語，你也許會考慮以自學的方式學習新語言。雖然如此，一位既像是老師又像是教練的「外語訓練師」的引導和帶領，仍能幫助你把外語學得又快又順利。在你遭遇瓶頸的時候，這位外語訓練師可以告訴你如何克服難點；在你感到沮喪的時候，他會為你打氣並提振你的學習動力、鼓勵你持之以恆，並幫助你訂定適合你的語言程度和學習模式的合理目標。

結伴來學習

　　學習外語時，難免會遭遇挫折或感到沮喪。因此尋找其他可以跟你一起學習外語的夥伴是個聰明的做法，因為可以相互打氣並創造許多與外語學習有關的美好回憶。結伴上課、練習、搜尋並分享資料、討論彼此的學習成果和接下來的目標，可以讓外語學習樂趣橫生。歡迎你加入「跟著江書宏老師學義大利文」YouTube頻道會員，就能立刻找到跟你一樣想學好義大利文的同學。

對抗灰心和沮喪

　　學習外語時，難免有灰心沮喪的時刻！以下是能幫助你應付負面情緒的幾個要領：一、向老師或同學吐苦水，訴說自己的感受；二、每達成某個學習目標，要記得犒賞自己。你可以去你最喜歡的義大利餐廳享用美食，或開一瓶你最愛的紅酒來慶祝；三、回想你最初開始學習外語的動機與熱情；四、善用想像力，想像有朝一日你已經學會義大利語的感覺以及屆時生活的轉變；五、讚賞自己已經達成的學習成果。

LEZIONE 6
第 6 課

Il linguaggio non verbale
義大利人的肢體語言

6.1　I gesti degli italiani
義大利人的手勢

- **6.1.a**　義大利手勢的由來
- **6.1.b**　最常用的手勢
- **6.1.c**　表示拒絕的手勢
- **6.1.d**　表示表揚的手勢

6.2　I gesti che esprimono stati d'animo
表達情緒的手勢

- **6.2.a**　表達心情的手勢
- **6.2.b**　表示憤怒的手勢
- **6.2.c**　威脅和罵人的手勢
- **6.2.d**　邀約的手勢

6.3　Altri gesti
其他手勢

- **6.3.a**　表示命令的手勢
- **6.3.b**　表示數字的手勢
- **6.3.c**　其他手勢
- **6.3.d**　容易混淆的手勢

6.1 I gesti degli italiani
義大利人的手勢

- **6.1.a** 義大利手勢的由來
- **6.1.b** 最常用的手勢
- **6.1.c** 表示拒絕的手勢
- **6.1.d** 表示表揚的手勢

6.1.a 義大利手勢的由來

你去過義大利嗎？或者你有一些義大利朋友？那麼你很可能已經發現到義大利人的肢體語言非常豐富，他們的手和臉部肌肉彷彿完全失控。雖然人與人之間溝通時沒必要運用那麼多手勢，有些手勢甚至可能會引起反感，但義大利人說話時會自然而然地搭配豐富的手勢和表情，所以就算你一句義大利語也不會，其實你也可以跟義大利人溝通！

肢體語言是非常重要的溝通方式，事實上人與人之間的溝通有85%以上都仰賴肢體語言。除了一些例外，許多肢體語言跨越了文化的隔閡，不管你身在哪個國家，往往都會看到類似的儀態、手勢，所以肢體語言可說是一種世界通用的語言。雖然如此，有些民族，如日本人或德國人，覺得過度運用手勢是沒禮貌的表現。相反地，義大利人的肢體語言非常豐富！這是為什麼呢？

雖然眾說紛紜，有許多學者指出，義大利人的手勢之所以如此豐富，有其歷史因素。據說古希臘人說話時也喜歡運用大量的手勢，而希臘化時代，古希臘人征服了南義，這就是為什麼南義人，尤其是拿坡里一帶的人，講話時手勢特別豐富！儘管北義人也懂得這些手勢的意思，但他們較不使用手勢，因為那在他們眼中顯得俗氣！

此外，在西元14至19世紀間義大利統一前，義大利各個地區的人各自使用自己的方言，當時南義曾經由法國人統治，東北義卻是奧地利的殖民地，由於住在不同地區的義大利人各自使用自己的語言，因此利用手勢相互溝通。

你知道嗎？學習義大利人的手勢可以幫助你理解義大利語：作為初級學習者，你掌握的義語詞彙量和語法仍很有限，因而無法完全聽懂義大利語，但透過對於情境和手勢的正確解讀，你可以猜中會話的大意，因此，建議你學習並練習一些實用又好玩的義大利常用手勢！

6.1.b 最常用的手勢

1. Ma cosa dici? | 你在說什麼啊？
這是最常用、也是最有名的義大利手勢，可運用在很多不同的場合。五指指尖併攏，在身體前方搖晃。

2. Non sono stato io! | 不是我的錯！
手肘彎曲，攤開雙臂，手心朝前。

3. Mazzate! | 我要揍人了！
手心向上放在胸口的高度往裡切。

4. Ma vedi questo! | 你看這傢伙！
手掌朝上，手臂在胸口的高度向前伸直。

5. Buono! | 好吃！
食指頂住臉頰來回轉動。

6. Insomma… | 還好……
手心向下，手指張開，微轉幾下。

7. Piano piano! | 慢慢來！
手心向下，手指張開，做出往下壓的動作。

8. Tu sei scemo! | 神經病！
用食指指著太陽穴附近。

9. Andiamo! | 走吧！
手指稍稍併攏，在胸前來回擺動幾次。

10. Ma per favore! | 也太扯了吧！
表情不屑，雙手合十，在腹部的高度拜一拜。

11. È finito! | 沒了！
拇指和食指伸直，其餘三指收起，左右來回轉動。

請觀看影片學習
常用手勢

6.1.c 表示拒絕的手勢

1. **Me ne frego!** | 我才不管！
向上聳肩。

2. **Non me ne frega niente!**
我才不在乎咧！
表情不屑，把手背朝外，五根手指在下巴來回擺動數次。

3. **Non lo so!** | 不知道！
掌心向上，往身側的方向雙手一攤。

4. **Sì!** | 是的！
點頭。

5. **No!** | 不！
食指伸直左右移動。

6. **No!** | 不！
搖頭。

7. **Così almeno credo...** 至少我這樣認為……
雙手在胸前張開，稍微往後收。

8. **Non si dovrebbe...** | 不應該吧！
頭在兩肩之間輕微擺盪。

請觀看影片學習
拒絕手勢

6.1.d 表示表揚的手勢

1. **Delizioso!** | 超好吃的！
手掌朝上，手臂向前伸直，收回手臂的同時，抓起並親吻五指指尖，接著張開手，並向前伸展手臂……

2. **Perfetto!** | 完美！
右手大拇指和食指互扣，其餘三指伸直，將手由左向右水平滑行一小段。

3. **Che figo!** | 太酷了！
四指握拳，大拇指貼著臉往前滑。

4. **Fenomenale!** | 太厲害了！
手在肩膀的高度，向外側畫圓。

5. **Ottimo!** | 超讚的！
比大拇指。

6. **Sei furbo!** | 你很聰明！
用食指把下眼皮往下拉。

7. **Come sono bravo!** | 我真厲害！
用右手的手指（除了拇指）擦右邊的胸部。

請觀看影片學習

表揚手勢

115

6.2 I gesti che esprimono stati d'animo
表達情緒的手勢

- **6.2.a** 表達心情的手勢
- **6.2.b** 表示憤怒的手勢
- **6.2.c** 威脅和罵人的手勢
- **6.2.d** 表示邀約的手勢

6.2.a 表達心情的手勢

1. Che noia! | 好無聊！
單手或雙手，手掌攤開，手心朝上，在腰的高度上下甩動（雙手代表強調）。

2. Ho fame! | 我好餓！
五指併攏，手心向下，在胃的高度左右揮幾下。

3. Ne ho fin qui! | 我受夠了！
四指併攏，手掌朝下，在額頭上畫一條橫線。

4. Che scemo! | 我好笨！
手掌朝內放在臉上。

5. **Ce l'ho fatta!**｜我辦到了！
雙手在頭頂互扣。

6. **Ho vinto!**｜我贏了！
用食指和中指比V。

7. **Accidenti!**｜該死！
咬嘴唇。

8. **Non vedo l'ora!**｜我迫不及待了！
兩手手掌摩擦。

請觀看影片學習
心情手勢

6.2.b 表示憤怒的手勢

1. **Mi sto arrabbiando!**
我要生氣了哦！
將手舉到頭的高度，手掌由外側快速轉向裡面。

2. **Che rabbia!** ｜氣死我了！
做出咬拳頭的動作。

3. **Vattene!** ｜滾開！
手臂伸出，上下擺動，做出切東西的動作。

4. **Quà!** ｜別想了！
大拇指扣住掌心，其他四指伸直併攏，將手朝鼻梁方向切。

請觀看影片學習
憤怒手勢

6.2.c 威脅和罵人的手勢

1. **Se ti prendo...**
別讓我抓到你……
手臂在腰的高度由下往上撈起,最後大拇指和食指互扣。

2. **Te la stai facendo sotto eh?**
你嚇得屁滾尿流了吧?
快速並重複將五指捏起。

3. **Ti ho fregato!** | **上當了吧!**
右手臂彎成九十度角,左手拍打右手肘後,將右手掌左右轉一轉。

4. **È gay!** | **娘娘腔!**
伸出食指輕觸耳垂幾次。

5. **Non ti sopporto!** | **受不了你!**
手掌朝下,平舉在胸口的高度,向內切。

6. **Quello è scemo!** | **神經病!**
用食指敲敲太陽穴。

7. **Sei impazzito?** | 你瘋了嗎？
手掌平舉，手指自然下垂並切向額頭。

8. **Non sono mica fesso io!** | 別以為我很好騙！
食指慢慢地在額頭上畫一條橫線。

9. **Cornuto!** | 你戴綠帽！
大拇指、中指和無名指收起，其餘兩指向上伸直，手掌朝前。

10. **Attento!** | 給我小心！
食指向上伸直，手掌朝內，前後晃動。

請觀看影片學習

罵人手勢

6.2.d 表示邀約的手勢

1. **Prendi qualcosa da bere?**
   你想喝什麼嗎?
   四指握拳,將大拇指朝嘴巴的地方比劃。

2. **Ci facciamo una siga?**
   我們抽根菸吧?
   食指跟中指作夾菸狀,往嘴唇的方向移動。

3. **Telefonami!** | 電話聯絡!
   食指、中指、無名指收起,大拇指比向耳朵,小指放在嘴巴的高度。

4. **Hai voglia di un caffè?**
   你想喝咖啡嗎?
   拇指捏住食指,朝嘴巴的方向擺動。

5. **Ci facciamo due spaghetti?**
   我們來一盤義大利麵吧?
   手在腹部的高度,食指中指伸直朝下,左右來回旋轉手腕。

6. **Mangiamo qualcosa?**
   我們吃點東西嗎?
   五指收起,做出抓東西朝嘴巴裡放的動作。

請觀看影片學習
邀約手勢

6.3 Altri gesti
其他手勢

- **6.3.a** 表示命令的手勢
- **6.3.b** 表示數字的手勢
- **6.3.c** 其他手勢
- **6.3.d** 容易混淆的手勢

6.3.a 表示命令的手勢

1. Zitto! | 閉嘴！
把食指放在嘴巴和鼻子前面。

2. Occhio! | 注意！
食指指著下眼瞼位置。

3. Vai al dunque! | 請講重點！
重複握拳。

4. Taglia! | 長話短說！
以食指和中指重複做出剪東西的動作。

5. **Dopo!**｜以後！
食指在水平的方向轉一轉。

6. **È tardi!**｜時間不早了！
以一手的食指，重複指點另一隻手的手腕。

7. **Vieni!**｜過來！
手掌向上往身體的方向撥一撥。

請觀看影片學習
命令手勢

6.3.b 表示數字的手勢

1. Uno｜一
2. Due｜二
3. Tre｜三
4. Quattro｜四   
5. Cinque｜五

請觀看影片學習
數字手勢

6.3.c 其他手勢

1. Che puzza! | 好臭！
五指併攏向上伸直，掌心向內，靠在鼻子下面。

2. Testardo! | 死腦筋！
握拳，手心向內，敲一敲太陽穴。

**3. Ti do la mia parola!
我打包票！**
手掌攤開，舉至身側臉的高度。

4. Lo giuro! | 我發誓！
兩手食指交叉，手掌朝內，親吻食指。

5. È morto! | 他死了！
手在額頭的高度，拇指扣住無名指和小指，食指和中指向上伸直，以逆時鐘方向轉動。

請觀看影片學習
其他手勢

6. **Tanto tempo fa...** | 很久以前……
上臂張開至身側，平舉到肩膀的高度，手掌舉在頭的高度，朝向背後轉動幾下。

7. **Che ridere...** | 哈哈～好冷！
配合勉強的笑容或笑聲，一手在另一隻手臂的腋下搔幾下。

8. **Per favore!** | 拜託！
雙手互扣。

9. **Ci stai?** | 你同意嗎？
眨一個眼睛。

10. **È pieno così!** | 滿出來了！
手掌朝上，將手舉到胸口的高度，快速多次收起五指指尖。

11. **È caro!** | 很貴！
手放在胸前，掌心向上，摩擦拇指、中指和食指。

⑿ **Basta!**｜夠了！
掌心向下，雙手向兩側揮動。

6.3.d 容易混淆的手勢

① Mazzate!　　　　　Andiamo!　　　　　Vattene!
我要揍人了！　　　走吧！　　　　　　滾開！

② Ma cosa dici?　　　Te la stai facendo　　È pieno così!
你在說什麼啊？　　sotto, eh?　　　　　滿出來了！
　　　　　　　　　你嚇得屁滾尿流了吧？

3. Fenomenale!
太厲害了！

Tanto tempo fa...
很久以前……

4. Ho fame!
我好餓！

Non ti sopporto!
受不了你！

5. Ma vedi questo!
看這傢伙！

Se ti prendo...
別讓我抓到你……

127

APPENDICE
附錄

APPENDICE
附錄

1 附錄1 ｜ 語法篇

2 附錄2 ｜ 各課生詞

3 附錄3 ｜ 練習解答

附錄1
語法篇

① 義大利語的「名詞」

　　義大利語的名詞有詞性（陰陽性）、數量（單複數）之分，而名詞的詞性和數量通常根據名詞的結尾來判斷。一般而言，以母音「-o」為結尾的是「陽性單數名詞」，以母音「-i」為結尾的是「陽性複數名詞」；而以母音「-a」為結尾的是「陰性單數名詞」，以母音「-e」為結尾的是「陰性複數名詞」。

	單數	複數
陽性	-o libro	-i libri
陰性	-a mela	-e mele

-o/-a 名詞

　　另外，有些名詞以母音「-e」為結尾，而這些名詞有些是陽性單數、有些是陰性單數。但不管是陽性或陰性，他們的複數都是以母音「-i」為結尾。

	單數	複數
陽性	-e giornale	-i giornali
陰性	-e chiave	-i chiavi

-e 名詞

不規則名詞

② 義大利語的「冠詞」

　　義大利語的冠詞置於名詞之前，分為「定冠詞」和「不定冠詞」兩種。

2.1 定冠詞

　　定冠詞用來修飾指定或特定的人、事或物。定冠詞根據其所修飾的名詞的詞性、數量以及詞首字母的不同，有相應的變化。

	單數	複數
陽性	il	i
	lo	gli
陰性	la	le
	l'	

定冠詞

　　陽性的定冠詞有兩個形式：「il / i」和「lo / gli」。陽性的名詞大多搭配「il / i」，只有以下名詞才搭配「lo / gli」：

① 以「s + 子音」開頭：lo spazzolino、gli spazzolini
② 以「z-」開頭：lo zaino、gli zaini
③ 以「gn-」開頭：lo gnocco、gli gnocchi
④ 以「ps-」開頭：lo psicologo、gli psicologi
⑤ 以「y-」開頭：lo yogurt、gli yogurt
⑥ 以「x-」開頭：lo xilofono、gli xilofoni
⑦ 以「母音」開頭：gli ombrelli

　　修飾母音開頭的詞語時，定冠詞「lo」和「la」會變為「l'」，例如：

① l'anguria
② l'ombrello

2.2 不定冠詞

　　不定冠詞用來修飾非特定的事物。不定冠詞有詞性的變化，但沒有數量的變化，所以不定冠詞只有單數形式。

　　修飾母音開頭的詞語時，陰性的不定冠詞「una」會變為「un'」，例如：「un'anguria」。

陽性	un
	uno
陰性	una
	un'

　　陽性的不定冠詞有兩個形式：「un」和「uno」。大部分的陽性名詞搭配不定冠詞「un」，但下列幾種名詞搭配不定冠詞「uno」：

① 以「s + 子音」開頭：uno spazzolino
② 以「z-」開頭：uno zaino
③ 以「gn-」開頭：uno gnocco

不定冠詞

④ 以「ps-」開頭：uno psicologo

⑤ 以「y-」開頭：uno yogurt

⑥ 以「x-」開頭：uno xilofono

③ 義大利語的「物主形容詞」

　　想要表示某個人、某件事、某個東西「屬於」哪個人，就必須使用各種人稱的「物主形容詞」加以修飾。物主形容詞跟所修飾的名詞須保持詞性和數量一致。注意，它們是跟所修飾的名詞、而非跟物主保持詞性和數量一致。物主形容詞的前面必須放定冠詞，但一般而言，用來修飾表示家庭成員的單數名詞的物主形容詞前，不加定冠詞，例如：

① Il mio cane si chiama Rocky.
我的狗狗叫做Rocky。

② Mio fratello si chiama Giacomo.
我哥哥叫做Giacomo。

　　不過在下述情況下，用來修飾表示家庭成員名詞的物主形容詞前，須加上定冠詞：

① **表示家庭成員的名詞為複數形時**

Le mie figlie studiano all'università.
我的女兒唸大學。

② **親屬名稱為口語用法時**

La mia mamma ha 32 anni.
我媽媽32歲。

Il tuo papà che lavoro fa?
你爸爸做什麼工作？

③ **物主形容詞為loro時**

I loro figli sono molto alti.
他們的兒女非常高。

④ **親屬名稱的詞尾有變化時**

La mia sorellina preferita!
我最喜歡的妹妹。

⑤ **親屬名稱為限定詞所修飾時**

La zia di Luca fa la commessa.
Luca的阿姨當銷售員。

我的	il mio	la mia	i miei	le mie
你的/妳的	il tuo	la tua	i tuoi	le tue
他的/她的	il suo	la sua	i suoi	le sue
我們的	il nostro	la nostra	i nostri	le nostre
你們的 / 妳們的	il vostro	la vostra	i vostri	le vostre
他們的 / 她們的	il loro	la loro	i loro	le loro

④ 義大利語的「代名詞」

義大利語主要有四種代名詞：「主詞代名詞」、「直接受詞代名詞」、「間接受詞代名詞」與「反身代名詞」。本書介紹其中兩個，即「主詞代名詞」和「反身代名詞」。義大利語的代名詞：

主詞代名詞	直接受詞代名詞	間接受詞代名詞	反身代名詞
io	mi	mi	mi
tu	ti	ti	ti
lui / lei	lo、la	gli / le	si
noi	ci	ci	ci
voi	vi	vi	vi
loro	li、le	gli	si

⑤ 義大利語的「動詞」

義大利語的動詞共有七種「語式」（modo）：「直陳式」、「命令式」、「條件式」、「虛擬式」、「不定式」、「過去分詞」與「副動詞」。本書介紹其中四種，即「直陳式」、「不定式」、「過去分詞」與「副動詞」。

① **直陳式（indicativo）**
② **不定式（infinito）**
③ **過去分詞（participio passato）**
④ **副動詞（gerundio）**

5.1 直陳式

直陳式總共有八種「時態」(tempo):「現在時」、「近過去時」、「未完成時」、「簡單將來時」、「先將來時」、「遠過去時」、「近越過去時」與「遠越過去時」。本書介紹其中兩個,即「現在時」與「近過去時」。

1. 現在時(presente)
2. 近過去時(passato prossimo)
3. 未完成時(imperfetto)
4. 近越過去時(trapassato prossimo)
5. 簡單將來時(futuro semplice)
6. 先將來時(futuro anteriore)
7. 遠過去時(passato remoto)
8. 遠越過去時(trapassato remoto)

5.1.a 現在時

現在時表示敘述者說話時所發生的事情,也可以表示習慣。規則動詞的現在時變化如下:

cenare	leggere	dormire
ceno	leggo	dormo
ceni	leggi	dormi
cena	legge	dorme
ceniamo	leggiamo	dormiamo
cenate	leggete	dormite
cenano	leggono	dormono

請注意:第三人稱複數動詞,重音落在「倒數第三個音節」,例如:

ce-na-no

leg-go-no

dor-mo-no

請仔細觀察並分析以下表格，你發現了什麼？

cenare	pagare	giocare
ceno	pago	gioco
ceni	pag**h**i	gio**ch**i
cena	paga	gioca
cen**iamo**	pag**h**iamo	gio**ch**iamo
cenate	pagate	giocate
cenano	pagano	giocano

以「-gare」和「-care」為結尾的動詞的變化，與其他以「-are」為結尾的動詞的變化，是一模一樣的，不過單數第二人稱和複數第一人稱的變化，需要加上「h」來幫助發音。

請仔細觀察並分析以下表格，你發現了什麼？

dormire	finire
dormo	fin**isc**o
dormi	fin**isc**i
dorme	fin**isc**e
dormiamo	finiamo
dormite	finite
dormono	fin**isc**ono

某些以「-ire」為結尾的動詞，其單數第一、第二、第三人稱及複數第三人稱的變化，需要加上「-isc-」。以下動詞屬於此類：「preferire｜比較喜歡」、「pulire｜清潔」、「condire｜調味」、「sparire｜消失」、「capire｜懂」等。

義大利語的不規則動詞不算多！以下是最常見的不規則動詞及其變化：

dare 給	bere 喝	spegnere 關閉	dire 說
do	bevo	spengo	dico
dai	bevi	spegni	dici
da	beve	spegne	dice
diamo	beviamo	spegniamo	diciamo
date	bevete	spegnete	dite
danno	bevono	spengono	dicono

salire 上樓	venire 來	uscire 出
salgo	vengo	esco
sali	vieni	esci
sale	viene	esce
saliamo	veniamo	usciamo
salite	venite	uscite
salgono	vengono	escono

對大部分學習者而言，要把動詞變化背起來，真是個傷透腦筋的苦差事！這裡我們介紹一個學習動詞變化的妙方：請將幾個不同組別的動詞擺在你前面，例如「parlare｜說」、「cenare｜吃晚餐」、「leggere｜讀」、「scrivere｜寫」、「dormire｜睡覺」、「partire｜出發」，然後唸出它們的單數第一人稱、第二人稱、第三人稱等。你很快就會發現，「-ere」和「-ire」兩組動詞的變化，除了複數第二人稱之外，其他都一模一樣，而「-are」結尾的動詞變化，只要將單數第三人稱和複數第二和第三人稱改成「a」，就與其他兩個組別一模一樣。

5.1.b 近過去時

近過去時表示在過去發生的行動。近過去時通常由「avere動詞的現在時」和「主要動詞的過去分詞」所組成，不過有時候是由「essere動詞的現在時」和「主要動詞的過去分詞」組成。在以下兩個情況下需要使用「essere動詞」：

1. **反身動詞**

    Ieri Paolo si è alzato alle sei di mattina e poi si è fatto la doccia.
    昨天Paolo六點起床，然後淋浴。

2. **移動動詞**

「andare｜去」、「venire｜來」、「partire｜出發」、「tornare｜回來」、「entrare｜進」、「uscire｜出」、「salire｜上樓/上車」、「scendere｜下樓/下車」等等。例如：

　　Ieri Paolo è uscito alle otto ed è andato a lavoro.
　　昨天Paolo八點出門去上班。

過去分詞

-are	-ere	-ire
-ato	-uto	-ito

常見的不規則過去分詞：

中文	原形	過去分詞	中文	原形	過去分詞
開	aprire	→ **aperto**	拿	prendere	→ **preso**
喝	bere	→ **bevuto**	留	rimanere	→ **rimasto**
問	chiedere	→ **chiesto**	回答	rispondere	→ **risposto**
關	chiudere	→ **chiuso**	弄破	rompere	→ **rotto**
跑	correre	→ **corso**	選擇	scegliere	→ **scelto**
決定	decidere	→ **deciso**	下樓｜下車	scendere	→ **sceso**
告訴	dire	→ **detto**	寫	scrivere	→ **scritto**
是	essere	→ **stato**	關機	spegnere	→ **spento**
做	fare	→ **fatto**	在	stare	→ **stato**
讀	leggere	→ **letto**	發生	succedere	→ **successo**
放	mettere	→ **messo**	翻譯	tradurre	→ **tradotto**
動	muovere	→ **mosso**	看	vedere	→ **visto**
出生	nascere	→ **nato**	來	venire	→ **venuto**
提供	offrire	→ **offerto**	贏	vincere	→ **vinto**
丟｜輸掉	perdere	→ **perso**	生活	vivere	→ **vissuto**

5.2 不定式

義大利語的規則動詞，根據動詞不定式（即原形）結尾的不同，分為「-are」、「-ere」、「-ire」三組，每組動詞各有其不同的動詞變化。

-are	-ere	-ire
cenare｜吃晚餐	leggere｜閱讀	dormire｜睡覺
pagare｜付錢	scrivere｜寫	finire｜結束
giocare｜玩	perdere｜輸	pulire｜清潔

6 義大利語的「助動詞」與「情態動詞」

助動詞

ESSERE｜是	AVERE｜有
sono	ho
sei	hai
è	ha
siamo	abbiamo
siete	avete
sono	hanno

情態動詞

VOLERE｜想要	POTERE｜可以/能	DOVERE｜必須/要
voglio	posso	devo
vuoi	puoi	devi
vuole	può	deve
vogliamo	possiamo	dobbiamo
volete	potete	dovete
vogliono	possono	devono

⑦ 三個義大利語常用的不規則動詞

義大利語有三個常用的不規則動詞，即「sapere」（會）、「fare」（做）、「stare」（在）。這三個動詞出現在許多短語和語法結構中，所以很值得在這裡特別提出來。

SAPERE｜會	FARE｜做	STARE｜在
so	faccio	sto
sai	fai	stai
sa	fa	sta
sappiamo	facciamo	stiamo
sapete	fate	state
sanno	fanno	stanno

stare 動詞

⑧ 義大利語的「介系詞」

8.1 單一介系詞

義大利語的介系詞總共有11個：「di、a、da、in、con、su、per、tra、fra、sopra、sotto」，本書介紹其中7個。

8.1.a 介系詞 in

①　in + 交通工具

in autobus｜in macchina｜in treno｜in aereo

　　　　Sono venuto in metro.
　　　　我是搭捷運來的。

②　in + 國家

　　　　Sono nato in Italia.
　　　　我是在義大利出生的。

③　in + 行政區

　　　　Quest'anno andiamo a fare le vacanze in Toscana.
　　　　今年我去托斯卡尼度假。

139

④ **in + 場所**
in centro｜in montagna｜in città｜in banca｜in posta｜in ufficio
in palestra｜in albergo

  Sono in ufficio.
  我在辦公室。

⑤ **in + 以「-ia」為結尾的商店**
in panetteria｜in gelateria｜in pasticceria

  Ci vediamo in pizzeria!
  在披薩店見！

⑥ **in + 以「-teca」為結尾的商店**
in biblioteca｜in enoteca｜in paninoteca

  Ci vediamo in discoteca!
  在迪斯可見！

8.1.b 介系詞 a

① **a + 城市** Viviana abita a Roma.
      Viviana住在羅馬。

② **a + 島嶼** Fabio lavora a Cuba.
      Fabio在古巴工作。

③ **al + 處所** al bar｜al ristorante｜al mare
      Domani andiamo al cinema.
      明天我們去電影院。
      請注意例外：a scuola｜a letto｜a casa｜a teatro

④ **a + 口味** Io prendo un risotto ai funghi.
      我要蘑菇燉飯。

⑤ **a + 樣式** a tinta unita
      素色的

⑥ **a + 原形動詞** Stasera andiamo a ballare.
      今天我們去跳舞。

⑦ **a + 明確時間** Il treno parte alle 5:30.
      火車5:30出發。

(8.) **a + 月份**　　　　Ci siamo sposati a novembre.
　　　　　　　　　　　我們是11月結婚的。

8.1.c 介系詞 di

(1.) **介系詞 di 等同中文的「的」**

　　　Il fratello di Paolo si chiama Giacomo.
　　　Paolo的哥哥叫做Giacomo。

(2.) **di + 材質**

　　　il completo di lino
　　　亞麻做的西裝

(3.) **essere di + 城市**

　　　Lui è di Roma.
　　　他來自羅馬。

8.1.d 介系詞 da

(1.) **介系詞 da 等同中文的「從」**

　　　Vengo da Parigi.
　　　我是從巴黎來的。

(2.) **介系詞 da 等同中文的「離」**

　　　La scuola è lontana da casa.
　　　學校離家很遠。

(3.) **da + 職業**

　　　Oggi vado dal parrucchiere.
　　　今天我去美髮師那裡。

(4.) **da + 人**

　　　Sono da Paolo.
　　　我在Paolo這裡。

(5.) **da + 持續的時間**

　　　Vivo in Italia da 2 anni.
　　　我在義大利住了兩年了。

(6.) **da + 用途**

　　　le scarpe da ginnastica
　　　運動鞋

8.1.e 介系詞 con

(1.) con + 人

> Vieni al cinema con me?
> 跟我一起去電影吧？

(2.) con + 工具

> Preparare il caffè con la caffettiera.
> 用咖啡壺煮咖啡。

8.1.f 介系詞 su

(1.) su + 主題

> È un documentario su Roberto Baggio.
> 這是一部關於Roberto Baggio的紀錄片。

(2.) su + 地方

> Il libro è sul tavolo.
> 書在桌子上。

(3.) su + 山的名字

> Sono andato in vacanza sulle Alpi.
> 我到阿爾卑斯山度假。

(4.) su + fb、ig、YouTube、internet、Line、Whatsapp

> L'ho letto su Facebook.
> 我是在臉書上讀到的！

8.1.g 介系詞 per

(1.) per + 持續的時間

> Cuocere gli spaghetti per 10 minuti.
> 煮義大利麵煮10分鐘。

(2.) per + 受益者

> Questo regalo è per te.
> 這個禮物是送給你的。

(3.) per + 目標

> Per arrivare puntuale, ho preso la metro.
> 為了準時到，我搭捷運了。

④ **per + 目的地**
  Il treno per Roma parte dal binario due.
  通往羅馬的火車從二號月臺出發。

⑤ **per + 理由**
  Studio l'italiano per lavoro.
  因為工作的關係而學習義大利語。

8.2 縮合介系詞

義大利語的某些介系詞會與定冠詞結合，形成「縮合介系詞」。

	il	lo	la	i	gli	le	l'
di	del	dello	della	dei	degli	delle	dell'
a	al	allo	alla	ai	agli	alle	all'
da	dal	dallo	dalla	dai	dagli	dalle	dall'
in	nel	nello	nella	nei	negli	nelle	nell'
su	sul	sullo	sulla	sui	sugli	sulle	sull'

例如：

di + i： Paolo vede **dei** video.
  Paolo看一些影片。

a + le： Paolo **alle** 8:30 cena.
  Paolo八點半吃晚餐。

da + la： Il sabato Francesca va **dalla** parrucchiera.
  Francesca星期六去美髮師那裡。

in + il： **Nel** fine settimana, Francesca pranza con i suoceri.
  Francesca週末的時候跟公婆一起吃午餐。

su + la： Paolo si siede **sulla** poltrona.
  Paolo坐在單人沙發上。

附錄2 各課生詞

① LEZIONE 1 | 第1課

1. gatto 貓咪
2. gonna 裙子
3. gufo 貓頭鷹
4. girare 轉
5. gelato 冰淇淋
6. ghiaccio 冰塊
7. traghetto 渡船
8. camicia 襯衫
9. correre 跑步
10. cucinare 做菜
11. Cina 中國
12. cenare 吃晚餐
13. chitarra 吉他
14. forchetta 叉子
15. pesca 桃子
16. casco 安全帽
17. scuola 學校
18. scivolare 滑倒
19. scendere 下
20. fischiare 吹口哨
21. pescheria 海產店
22. bagno 洗手間
23. disegnare 畫圖
24. figlio 兒子
25. biglietto 票
26. ballare 跳舞
27. parlare 說
28. dormire 睡覺
29. telefonare 打電話
30. sedia 椅子
31. sveglia 鬧鐘
32. zucca 南瓜
33. zaino 背包
34. casa 房子
35. cassa 箱子
36. latte 牛奶
37. cinese 中國人

② LEZIONE 2 | 第2課

1. fame 餓
2. freddo 冷
3. caldo 熱
4. sete 渴
5. sonno 睏
6. zaino 背包
7. spazzolino 牙刷

8. giubbotto 外套
9. cappello 帽子
10. anello 戒指
11. ombrello 雨傘
12. pantaloni 長褲
13. felpa 帽T
14. gonna 裙子
15. camicetta （女用）襯衫
16. maglietta T恤
17. borsa 包包
18. cravatta 領帶
19. sciarpa 圍巾
----
20. figlio / figlia 兒子 / 女兒
21. fratello 哥哥、弟弟
22. sorella 姊姊、妹妹
23. zio / zia 伯伯 / 伯母、叔叔 / 嬸嬸、舅舅 / 舅媽、姨丈 / 阿姨、姑丈 / 姑姑
24. nipote 姪子、姪女、外甥、外甥女

25. il raffreddore 感冒
26. l'influenza 流感
27. la febbre 發燒
28. il naso chiuso 鼻塞
29. la tosse 咳嗽
30. il mal di gola 喉嚨痛
31. il mal di denti 牙齒痛
32. il mal di testa 頭痛
33. il mal di schiena 背痛
34. il mal di pancia 肚子痛
----
35. libro 書
36. mela 蘋果
----
37. cintura 皮帶
38. orecchini 耳環
39. occhiali 眼鏡
40. orologio 手錶
41. portafoglio 皮夾
42. borsellino 零錢包

3 LEZIONE 3 ｜ 第3課

1. Italia 義大利
2. Messico 墨西哥
3. America 美國
4. Francia 法國
5. Inghilterra 英國
6. Giappone 日本
7. Germania 德國
8. Spagna 西班牙
9. Russia 俄羅斯
----
10. italiano 義大利人
11. americano 美國人

12. messicano 墨西哥人
13. francese 法國人
14. inglese 英國人
15. giapponese 日本人
16. tedesco 德國人
17. spagnolo 西班牙人
18. russo 俄羅斯人
---
19. arrabbiato 生氣
20. nervoso 緊張
21. stanco 累
22. depresso 沮喪
23. felice 開心
24. triste 難過
---
25. verde 綠色
26. marrone 咖啡色
27. arancione 橘色
28. celeste 淺藍色
29. giallo 黃色
30. rosso 紅色
31. bianco 白色
32. nero 黑色
33. grigio 灰色
34. blu 藍色
35. rosa 粉紅色
36. viola 紫色
---
37. capelli 頭髮
38. occhi 眼睛
39. naso 鼻子
40. orecchie 耳朵
41. bocca 嘴巴
---
42. occhi piccoli 小眼睛
43. occhi grandi 大眼睛
44. occhi a mandorla 丹鳳眼
45. occhi neri 黑色的眼睛
46. occhi verdi 綠色的眼睛
47. occhi azzurri 水藍色的眼睛
48. occhi marroni 咖啡色的眼睛
---
49. naso piccolo 小鼻子
50. naso grande 大鼻子
51. naso a patata 扁的鼻子
---
52. capelli bianchi 白色的頭髮
53. capelli neri 黑色的頭髮
54. capelli castani 咖啡色的頭髮
55. capelli grigi 灰色的頭髮
56. capelli rossi 紅色的頭髮
57. capelli biondi 金色的頭髮
58. capelli lisci 直髮
59. capelli ondulati 波浪捲髮
60. capelli ricci 捲髮
61. capelli lunghi 長頭髮
62. capelli corti 短頭髮
63. calvo 禿頭
---
64. robusto 強壯的
65. snello 苗條的
66. bello 漂亮的、帥的
67. brutto 醜的

68. alto 高的
69. basso 矮的
70. magro 瘦的
71. grosso 胖的
72. giovane 年輕的
73. anziano 年老的

---

74. moglie 妻子
75. padre 父親
76. madre 母親

---

77. poliziotto 警察
78. pizzaiolo 披薩師傅
79. commesso 店員
80. segretario 祕書
81. fotografo 攝影師
82. impiegato 上班族
83. operaio 工人
84. parrucchiere 美髮師
85. pasticciere 甜點師傅
86. cameriere 服務生

87. infermiere 護士
88. barista 調酒師
89. dentista 牙醫
90. autista 司機
91. architetto 建築師
92. avvocato 律師
93. guida turistica 導遊
94. medico 醫生
95. ingegnere 工程師
96. insegnante 老師

---

97. fare le pulizie 打掃
98. fare il bucato 洗衣服
99. fare la spesa 買菜
100. fare un regalo 送禮
101. fare una telefonata 打電話
102. fare i bagagli 打包行李
103. fare un viaggio 旅行
104. fare una foto 拍照
105. fare la fila 排隊
106. fare una passeggiata 散步

④ LEZIONE 4 | 第4課

1. fare colazione 吃早餐
2. prendere 喝、吃、搭、拿
3. chiacchierare 聊天
4. pranzare 吃中餐
5. studiare 讀書
6. leggere 閱讀
7. suonare 彈奏
8. guardare 看
9. andare 去
10. tornare 回
11. riposare 休息
12. alzarsi 起床
13. farsi la doccia 淋浴、洗澡
14. radersi 刮鬍子

15. lavarsi i denti 刷牙
16. vestirsi 穿衣服
17. pettinarsi 梳頭髮
18. lavarsi 洗澡
19. mettersi 穿
20. svestirsi 脫衣服
21. spogliarsi 脫
22. baciare 親吻
---
23. la bicicletta 腳踏車
24. lo scooter 機車
25. la moto 摩托車
26. la macchina 汽車
27. l'autobus 公車
28. il tram 電車
29. la metro 地鐵
30. il treno 火車
31. l'aereo 飛機
---
32. fare la spesa 買菜
33. uscire 出門
34. vedere 看
---
35. il cinema 電影院
36. la palestra 健身房
37. il supermercato 超級市場
---

38. suoceri 公婆、岳父母
39. amico 朋友
---
40. lunedì 星期一
41. martedì 星期二
42. mercoledì 星期三
43. giovedì 星期四
44. venerdì 星期五
45. sabato 星期六
46. domenica 星期日
---
47. sempre 總是
48. spesso 常常
49. solitamente 平常
50. a volte 有的時候
51. mai 總不
---
52. dare 給
53. dire 告訴
54. uscire 出去
55. venire 來
56. bere 喝
57. salire 上

⑤ LEZIONE 5 ｜第5課

1. suonare il violino 拉小提琴
2. suonare il piano 彈鋼琴
3. cantare 唱歌
4. giocare a pallavolo 打排球
5. giocare a volano 打羽毛球
6. giocare a pallacanestro 打籃球

7. giocare a calcio 踢足球
8. sciare 滑雪
9. pattinare 溜冰
10. nuotare 游泳
11. guidare 開車
12. andare in bicicletta 騎自行車
13. aprire 打開
14. mangiare 吃飯
15. trasferirsi 搬家
16. cambiare 換
17. divorziare 離婚
18. pagare 付錢
19. provare 試穿
20. usare 使用
21. finire 結束
22. risparmiare 節省
23. ordinare 整理、預定
24. pulire 清潔
----
25. la posta 郵局
26. il commissariato 警察局
27. il museo 博物館
28. l'ospedale 醫院
29. la banca 銀行
30. la chiesa 教堂
31. il municipio 市政府
32. lo stadio 體育場
33. la scuola 學校
34. il palazzo 大樓
35. il distributore di benzina 加油站
36. il parco 公園
37. il bar 咖啡廳
38. il ristorante 餐廳
39. la farmacia 藥局
40. il negozio 商店
----
41. il marciapiede 人行道
42. la strada 馬路
43. le strisce pedonali 斑馬線
44. l'incrocio 十字路口
45. il semaforo 紅綠燈
46. il ponte 橋
47. la fermata della metro 地鐵站
48. la fermata dell'autobus 公車站
49. la piazza 廣場
50. la fontana 噴水池
51. la statua 雕像
----
52. di fronte (a...) 在（……的）對面
53. accanto (a...) 在（……的）旁邊
54. al centro (di...) 在（……的）中間
55. tra 在（……的）之間
56. dietro 在（……的）後面
57. davanti (a...) 在（……的）前面

附錄3 練習解答

1.1.c 子音「g」

		a	ga / ga /
g	+	o	=	go / go /
		u		gu / gu /
g	+	i	=	gi / dʒi /
		e		ge / dʒe /
gh	+	i	=	ghi / gi /
		e		ghe / ge /

E.1.1 「g」和「gh」的聽辨練習

① **g** omito ② **g** iro ③ **gh** iro
④ **g** eometria ⑤ **g** elido ⑥ **g** eneroso

1.1.d 子音「c」

		a		ca / ka /
c	+	o	=	co / ko /
		u		cu / ku /
c	+	i	=	ci / tʃi /
		e		ce / tʃe /
ch	+	i	=	chi / ki /
		e		che / ke /

E.1.2 「c」和「ch」的聽辨練習

① **c** amera ② **c** inema ③ **c** ena
④ **c** olazione ⑤ **ch** itarra ⑥ **c** ultura

1.2.a 子音群「sc」

sc +	a o u	=	sca / ska / sco / sko / scu / sku /
sc +	i e	=	sci / ʃi / sce / ʃe /
sch +	i e	=	schi / ski / sche / ske/

1.2.b 子音群「gn」

gn +	a e i o u	=	gna / ɲa / gne / ɲe / gni / ɲi / gno / ɲo / gnu / ɲu /

1.2.c 子音群「gl」

gl +	a e i o u	=	gla / gla / gle / gle / gli / gli /或/ ʎi / glo / glo / glu / glu /

E.1.3 「b」和「p」的聽辨練習

① **b** anca　② **p** agare　③ **b** icicletta
④ **p** assaporto　⑤ **p** iazza　⑥ **b** ottiglia

E.1.4 「d」和「t」的聽辨練習

① **d** ottore　② **t** elefonare　③ **d** opo
④ **d** omanda　⑤ **d** iscoteca　⑥ **t** empo

E.1.5 雙子音的聽辨練習

1. cassa (casa)
2. (pollo) polo
3. (pinna) pina
4. (sonno) sono
5. alla (ala)
6. cammino (camino)

E.1.6 「l」和「r」的聽辨練習

1. ca **r** o
2. sa **l** e
3. be **r** e
4. so **l** e
5. fa **r** o
6. me **l** a

E.1.7 「l」和「r」的聽辨練習

1. male (mare)
2. (pollo) porro
3. (rana) lana
4. colto (corto)
5. pero (pelo)
6. (pari) pali

E.2.1 我是翡冷翠人

Ciao! Io mi chiamo Stefano, e tu?
嗨！我叫Stefano，妳呢？

Io sono Jiahua, piacere!
我叫佳華，幸會！

Piacere! Di dove sei?
幸會！妳是哪裡人呢？

Io sono cinese, e tu?
我是中國人，你呢？

Io **sono** di Firenze.
我是翡冷翠人。

E.2.2 數字：11至16
觀察下列數字的義大利語寫法，請問11-16有什麼共通點？ 以-dici為後綴 。

E.2.3 數字：17至19
請問17-19有什麼共通點？ 以dici-為前綴 。

E.2.4 數字：20至29
觀察下列數字的義大利語寫法，21和28跟其他數字有什麼不同呢？ 沒有i 。

E.2.5 數字：30至39

30 trenta	31 **trentuno**	32 **trentadue**	33 trentatre	34 *trentaquattro*
35 **trentacinque**	36 **trentasei**	37 **trentasette**	38 **trentotto**	39 **trentanove**

E.2.6 數字：40至90

請觀察下列數字的義大利語寫法，40-90的數字有什麼共通點呢？

以-anta為後綴　。

E.2.7 數字：100至1000

100 cento	200 due**cento**	300 tre**cento**	400 quattro**cento**
500 **cinquecento**	600 **seicento**	700 **settecento**	800 **ottocento**
900 **novecento**	1000 mille		

E.2.8 算式

1. ventitre + quattro = **ventisette** | 23 + 4 = 27
2. quindici + trentadue = **quarantasette** | 15 + 32 = 47
3. sei + dodici = **diciotto** | 6 + 12 = 18
4. quaranta − nove = **trentuno** | 40 − 9 = 31
5. cinquantasei ÷ sette = **otto** | 56 ÷ 7 = 8
6. ottantadue ÷ due = **quarantuno** | 82 ÷ 2 = 41
7. (tredici + sessantasette) ÷ due = **quaranta** | (13 + 67) ÷ 2 = 40
8. cinque × (tre + otto) = **cinquantacinque** | 5 × (3 + 8) = 55

E.2.9 他怎麼樣？

1. Giulia ha freddo.
   Giulia很冷。

2. Silvia ha caldo.
   Silvia很熱。

3. Francesca ha sete.
   Francesca很渴。

4. Giacomo ha sonno.
   Giacomo很睏。

E.2.10 他們怎麼樣？

1. Giacomo和Silvia在北極。他們怎麼樣？
   Loro hanno freddo. ｜他們很冷。

2. Francesca昨天晚上沒睡好。她今天怎麼樣？
   Lei ha sonno. ｜她很睏。

3. 已經下午一點Giacomo還沒吃飯。他怎麼樣？
   Lui ha fame. ｜他很餓。

4. Luca的房間冷氣壞了。他怎麼樣？
   Lui ha caldo. ｜他很熱。

E.2.11 Paolo擁有什麼？

1. Cosa ha Francesca? **Francesca ha una borsa, un ombrello, quattro gonne, due camicette e una maglietta.**
Francesca有一個包包、一把雨傘、四件裙子、兩件襯衫以及一件T恤。

2. Cosa ha Silvia? **Silvia ha una felpa, una gonna, una camicetta, due cappelli, un anello e due borse.**
Silvia有一件帽T、一條裙子、一件襯衫、兩頂帽子、一個戒指和兩個包包。

3. Cosa ha Giacomo? **Giacomo ha una cravatta, due ombrelli, due magliette e due felpe.**

Giacomo有一條領帶、兩把雨傘、兩件T恤和兩件帽T。

E.2.12 Giacomo的孩子

Giacomo ha **una** figlia, si chiama Sofia. Giacomo ha anche **un** figlio si chiama Luca. Giacomo ha **un** fratello, si chiama Paolo. Paolo ha due nipoti, si chiamano Sofia e Luca. Luca ha **una** sorella, si chiama Sofia. Luca ha **uno** zio, si chiama Paolo. Luca ha anche **una** zia, si chiama Francesca.

Giacomo有一個女兒，名叫Sofia。Giacomo還有一個兒子，名叫Luca。Giacomo有一個弟弟，名叫Paolo。Paolo有兩個姪子姪女，他們叫做Sofia和Luca。Luca有一個姊姊叫做Sofia。Luca有個叔叔，叫做Paolo。Luca也有個嬸嬸，叫做Francesca。

E.2.13 家屬稱謂

1. figlio / figlia　兒子 / 女兒
2. fratello / sorella　哥哥、弟弟 / 姐姐、妹妹
3. zio / zia　伯伯、叔叔、舅舅 / 姑姑、阿姨
4. nipote　姪子、姪女、外甥、外甥女

E.2.14 身體症狀

1. Cosa ha Gabriella? **Lei ha il mal di gola.** │她喉嚨痛。

2. Cosa ha Marco? **Lui ha il mal di schiena.** │他背痛。

3. Cosa ha Caterina? **Lei ha l'influenza.** │她得了流感。

4. Cosa ha Roberto? **Lui ha la tosse.** │他咳嗽。

5.) Cosa hanno Mario e Lisa?
Loro hanno il mal di testa. | 他們頭痛。

6.) Cosa hanno Fabio e Marina?
Loro hanno il mal di pancia. | 他們肚子痛。

7.) Cosa hanno Mimmo e Flavio?
Loro hanno la febbre. | 他們發燒了。

E.2.15 衣服和配件

1.) **la** cintura | 皮帶
2.) **gli** orecchini | 耳環
3.) **la sciarpa** | 圍巾
4.) **il giubbotto** | 外套
5.) **la maglietta** | T恤
6.) **i cappelli** | 帽子
7.) **le cravatte** | 領帶
8.) **i pantaloni** | 長褲
9.) **la camicetta** | 女用襯衫
10.) **la borsa** | 包包
11.) **l'ombrello** | 雨傘
12.) **gli anelli** | 戒指
13.) **la gonna** | 裙子
14.) **la felpa** | 帽T
15.) **gli** occhiali | 眼鏡
16.) **l'** orologio | 手錶
17.) **il** portafoglio | 皮夾
18.) **il** borsellino | 零錢包

E.3.1 Antonio是義大利人

-ano / -ana

1.) itali**ano / a**
2.) americ **ano/a**
3.) messic **ano/a**

-ese

4.) cin**ese**
5.) franc **ese**
6.) ingl **ese**
7.) giappon **ese**

其他

8.) tedesco / a
9.) spagnolo / a
10.) russo / a

E.3.2 Antonio是哪裡人？

1. Di dov'è Pierre?
   Pierre è francese. ｜Pierre是法國人。

2. Di dov'è Charles?
   Charles è inglese. ｜Charles是英國人。

3. Di dov'è Rebeca?
   Rebeca è spagnola. ｜Rebeca是西班牙人。

4. Di dov'è Jiahua?
   Jiahua è cinese. ｜Jiahua是中國人。

5. Di dov'è Adolf?
   Adolf è tedesco. ｜Adolf是德國人。

6. Di dov'è Pedro?
   Pedro è messicano. ｜Pedro是墨西哥人。

7. Di dov'è Yumiko?
   Yumiko è giapponese. ｜Yumiko是日本人。

8. Di dov'è Agata?
   Agata è russa. ｜Agata是俄羅斯人。

9. Di dov'è George?
   George è americano. ｜George是美國人。

E.3.3 Paolo很累

1. Paolo è stanc**o**. ｜Paolo很累。
   Francesca **è** stanc**a**. ｜Francesca很累。
   Paolo e Francesca *sono* stanchi.
   Paolo和Francesca很累。

2. Paolo **è** arrabbiat**o**. ｜Paolo很生氣。
   Francesca **è arrabbiata**. ｜Francesca很生氣。
   Paolo e Francesca **sono** arrabbiat**i**.
   Paolo和Francesca很生氣。

3. Paolo **è** nervos**o**. ｜Paolo很緊張。
   Francesca **è** **nervosa**. ｜Francesca很緊張。
   Paolo e Francesca **sono** nervos**i**.
   Paolo和Francesca很緊張。

E.3.4 Francesca很生氣

請猜猜molto這個副詞的意思是什麼？ 非常 。

Francesca è arrabbiata. 　　Francesca è **molto** arrabbiata.

E.3.5 Paolo很傷心

請分析以下的形容詞。你覺得它們的結尾，跟上一頁的形容詞有什麼不同呢？
以-e為結尾 。

trist**e**　　trist**e**　　felic**e**　　felic**e**

E.3.6 Paolo很開心

1.  Paolo è triste. | Paolo很傷心。
Francesca **è** trist **e** . | Francesca很傷心。
Paolo e Francesca **sono** trist **i** .
Paolo和Francesca很傷心。

2.  Paolo **è** felice. | Paolo很開心。
Francesca **è** **felice** . | Francesca很開心。
Paolo e Francesca **sono** felic **i** .
Paolo和Francesca很開心。

E.3.7 國旗的顏色

1.  Italia
   - **verde** | 綠色
   - **bianco** | 白色
   - **rosso** | 紅色

2.  Inghilterra
   - **blu** | 藍色
   - **rosso** | 紅色
   - **bianco** | 白色

3.  Giappone
   - **bianco** | 白色
   - **rosso** | 紅色

4. Germania
   - **nero** | 黑色
   - **rosso** | 紅色
   - **giallo** | 黃色

E.3.8 Paolo的外表

Paolo è giovane, alto e magro. Ha i capelli corti, ricci e neri, e gli occhi verdi. Francesca è giovane e bella, alta e snella. Ha i capelli lisci, lunghi e castani, gli occhi grandi e neri, e il naso lungo.

Paolo很年輕、很高而且很瘦。他有短而捲的黑頭髮、綠色的眼睛。Francesca年輕又漂亮，很高而且很苗條。她有咖啡色的直頭髮、黑色的大眼睛、長鼻子。

E.3.9 Giulia的外表

1. Giulia è **anziana**, grossa e bassa. Ha i **capelli** corti, ricci e bianchi, gli **occhi** piccoli, e il **naso** piccolo. | Giulia年紀很大，身材壯碩而矮小。她有一頭短而捲的白髮、小小的眼睛和小小的鼻子。

2. Silvia è **alta** e snella. Ha i capelli **lunghi**, ondulati e neri, e gli **occhi** a mandorla neri. Silvia高而瘦。她有一頭波浪捲的黑長髮和一雙黑色的丹鳳眼。

E.3.10 Luca的外表

1.  **Luca è magro, ha i capelli corti e gli occhi grandi.**
   Luca很瘦，他有一頭短的頭髮和大大的眼睛。

2.  **Sofia è snella, ha i capelli lunghi e lisci, e il naso lungo.**
   Sofia很苗條，她有一頭長而直的頭髮和長長的鼻子。

3.  **Yumiko è giapponese, giovane, alta e snella; ha i capelli corti e neri, gli occhi a mandorla, e il naso a patata.**
   Yumiko是日本人，她很年輕、高挑、苗條。她有短的黑頭髮、丹鳳眼和扁的鼻子。

4.  **Giacomo è alto e robusto, ha i capelli corti e castani.**
   Giacomo又高又強壯，有短的、咖啡色的頭髮。

5.  **George è anziano, magro, calvo e triste.**
   George又老又瘦又光頭又難過。

E.3.12 他做什麼工作？

1.  Che lavoro fa Vincenzo? **Vincenzo fa il pizzaiolo.**
   Vincenzo做什麼工作？Vincenzo是披薩師傅。

2. 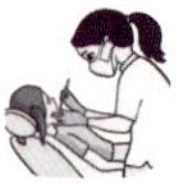 Che lavoro fa Viviana? **Viviana fa la dentista.**
   Viviana做什麼工作？Viviana是牙醫。

3.  Che lavoro fa Adriana? **Adriana fa la poliziotta.**
   Adriana做什麼工作？Adriana是警察。

4.  Che lavoro fa Silvano? **Silvano fa il cameriere.**
   Silvano做什麼工作？Silvano是服務生。

5.  Che lavoro fa Franco? **Franco fa l'operaio.**
   Franco做什麼工作？Franco是工人。

6.  Che lavoro fa Stefania? **Stefania fa la segretaria.**
   Stefania做什麼工作？Stefania是祕書。

E.3.13 Paolo做什麼？

1.  Paolo **fa una telefonata** mentre **fa la fila**.
   Paolo一邊排隊，一邊打電話。

2.  Paolo e Francesca **fanno una passeggiata** insieme.
   Paolo和Francesca一起散步。

3.  Paolo **fa una foto** a Francesca.
   Paolo幫Francesca照相。

4.  Paolo **fa un regalo** a Francesca.
   Paolo送Francesca禮物。

E.4.1 常見日常生活動詞（一）

1.  fare colazione — 吃早餐
2.  prendere un caffè — 喝咖啡
3.  chiacchierare — 聊天
4.  pranzare — 吃中餐

5. studiare 念書

6. leggere 閱讀

7. suonare 彈奏

8. cenare 吃晚餐

9. guardare 看

E.4.2 Paolo的日常

Alle 8 Paolo fa colazione e poi va a scuola in metro. Alle 10:30 prende un caffè e chiacchiera con i colleghi. A mezzogiorno torna a casa per pranzare e riposare. Il pomeriggio studia, legge il giornale e suona la chitarra. La sera cena con la moglie e guarda un po' la TV.

在8點Paolo吃早餐，然後坐捷運去學校。在10點半喝咖啡、跟同事聊天。在12點回家吃中餐及休息。在下午念書、看報紙及彈吉他。晚上跟老婆吃晚餐，並看一點電視。

mattina 早上	8:00	fa colazione | 吃早餐 va a scuola | 去學校	
	10:30	**prende un caffè** | 喝咖啡 **chiacchiera con i colleghi** | 與同事聊天	
	12:00	**torna a casa** | 回家　　**pranza** | 吃中餐 **riposa** | 休息	
pomeriggio 下午		**studia** | 念書　　**legge il giornale** | 看報紙 **suona la chitarra** | 彈吉他	
sera 晚上		**cena con la moglie** | 與老婆吃晚餐 **guarda la TV** | 看電視	

E.4.3 現在幾點？

3:00
Sono le tre.

1. 4:15
   Sono le quattro e quindici. | **Sono le quattro e un quarto.**
   四點十五分。

2. 4:30
   Sono le quattro e trenta. | **Sono le quattro e mezza.**
   四點三十分。| 四點半。

3. 5:40
   Sono le cinque e quaranta. | **Sono le sei meno venti.**
   五點四十分。| 六點減掉二十分鐘。

4. 1:20
   È l'una e venti.
   一點二十分。

5. 12:15
   Sono le dodici e quindici. | **È mezzogiorno e un quarto.**
   十二點十五分。| 十二點十五分。

6. 7:05
   Sono le sette e cinque.
   七點五分。

E.4.4 反身動詞

		farsi 做	chiamarsi 叫	svestirsi 脫衣服	spogliarsi 脫
io	mi	faccio	chiamo	svesto	spoglio
tu	ti	fai	chiami	svesti	spogli
lui / lei	si	fa	chiama	sveste	spoglia

		lavarsi 洗澡	pettinarsi 梳頭髮	vestirsi 穿衣服	mettersi 穿
io	mi	lavo	pettino	vesto	metto
tu	ti	lavi	pettini	vesti	metti
lui / lei	si	lava	pettina	veste	mette

E.4.5 Paolo的日常早晨

1. La mattina Paolo (radersi) **si rade**.
   早上Paolo刮鬍子。

2. (mettersi) **Si mette** la camicia e la cravatta.
   穿上襯衫和打領帶。

3. (bere) **Beve** il latte con i cereali.
   喝牛奶和麥片。

4. (leggere) **Legge** il giornale.
   看報紙。

5. (baciare) **Bacia** la moglie.
   親吻老婆。

6. (prendere) **Prende** la metro.
   搭地鐵。

E.4.6 常見日常生活動詞（二）

1. fare le pulizie
   打掃

2. fare il bucato
   洗衣服

3. fare la spesa
   買菜

4. andare in palestra
   上健身房

5. pranzare con i suoceri
   跟公公婆婆吃中餐

6. andare dalla parrucchiera
   去髮廊

7. uscire con gli amici
   跟朋友出去

8. vedere un film
   看電影

9. fare una passeggiata
   散步

E.4.7 Francesca的日常

Il lunedì mattina Francesca fa le pulizie e il bucato, il pomeriggio **a volte** va al supermercato a fare la spesa. Il lunedì, il mercoledì e il venerdì sera va **sempre** in palestra. Il martedì, il mercoledì, il giovedì e il venerdì lavora. Il giovedì sera **solitamente** vede un film al cinema con le amiche. Il sabato mattina va dalla parrucchiera, la sera **spesso** esce con gli amici. La domenica pranza con i suoceri, poi a volte va al parco a fare una passeggiata con Paolo. Insomma, Francesca non riposa **mai**!

星期一早上Francesca打掃、洗衣服，下午有時候去超級市場買菜。星期一、星期三和星期五晚上總是去健身房。星期二、星期三、星期四和星期五工作。星期四晚上通常跟朋友去電影院。星期六早上去美髮師那裡，晚上常常跟朋友出去。星期天跟公婆吃中餐，然後有時候跟Paolo去公園散步。總之，Francesca從不休息！

	mattina ｜ 上午	pomeriggio ｜ 下午	sera ｜ 晚上
lunedì 週一	**fare le pulizie** ｜ 打掃 **fare il bucato** ｜ 洗衣服	**andare al supermercato** 去超級市場	andare in palestra 去健身房
martedì 週二		**lavorare** 工作	
mercoledì 週三		**lavorare** 工作	andare in palestra 去健身房
giovedì 週四		**lavorare** 工作	**andare al cinema** 去電影院
venerdì 週五		**lavorare** 工作	andare in palestra 去健身房
sabato 週六	**andare dalla parrucchiera** 去髮廊		**uscire con gli amici** 跟朋友出去
domenica 週日		**pranzare con i suoceri** 與公婆吃中餐	**fare una passeggiata** 散步

E.4.8 直陳式現在時

prendere 拿	tornare 回	guardare 看	vestire 穿衣服
prendo	torno	guardo	vesto
prendi	torni	guardi	vesti
prende	torna	guarda	veste
prendiamo	torniamo	guardiamo	vestiamo
prendete	tornate	guardate	vestite
prendono	tornano	guardano	vestono

E.5.1 Francesca會四種語言

1. Luca sa giocare a calcio? ｜Luca會踢足球嗎？
   No, **non sa giocare a calcio**, ｜不，他不會踢足球，
   ma **sa giocare a pallacanestro**. ｜但是他會打籃球。

2. Paolo sa suonare il violino? ｜Paolo會拉小提琴嗎？
   No, **non sa suonare il violino**, ｜不，他不會拉小提琴，
   ma **sa suonare la chitarra**. ｜但是他會彈吉他。

E.5.2 休閒活動

1. suonare il violino 拉小提琴
2. suonare il piano 彈鋼琴
3. cantare 唱歌
4. giocare a pallavolo 打排球
5. giocare a volano 打羽毛球
6. giocare a pallacanestro 打籃球
7. giocare a calcio 踢足球
8. sciare 滑雪
9. pattinare 溜冰
10. nuotare 游泳

11. ballare
    跳舞
12. cucinare
    做菜
13. disegnare
    畫圖
14. guidare
    開車
15. andare in bicicletta
    騎自行車

E.5.3 昨天Francesca看了一部電影

Ieri Francesca prima **è andata** in libreria e **ha ordinato** dei libri, poi **ha fatto** cena con Paolo al ristorante di fronte al cinema. Alla fine **ha visto** un film con Paolo ed **è tornata** a casa dopo mezzanotte.

> 昨天Francesca先去書店訂了一些書，然後跟Paolo在電影院對面的餐廳吃晚餐。最後她跟Paolo看了一部電影，午夜後回家。

E.5.4 公共場所

1. la posta
   郵局
2. il commissariato
   警察局
3. il museo
   博物館
4. l'ospedale
   醫院
5. la banca
   銀行
6. la chiesa
   教堂
7. il municipio
   市政府
8. lo stadio
   體育場
9. la scuola
   學校
10. il palazzo
    大樓
11. il parco
    公園
12. il bar
    咖啡廳
13. il ristorante
    餐廳
14. la farmacia
    藥局
15. il cinema
    電影院
16. il supermercato
    超級市場
17. il negozio
    商店
18. il distributore di benzina
    加油站

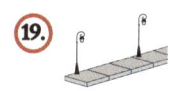

(19.) il marciapiede
人行道

(20.) la strada
馬路

(21.) le strisce pedonali
斑馬線

(22.) l'incrocio
十字路口

(23.) il semaforo
紅綠燈

(24.) il ponte
橋

(25.) la fermata della metro
地鐵站

(26.) la fermata dell'autobus
公車站

(27.) la piazza
廣場

(28.) la fontana
噴水池

(29.) la statua
雕像

E.5.5 方位詞

(1.) Il cinema è **di fronte al** ponte. ｜電影院在橋的**對面**。
di fronte a ｜ 對面

(2.) Il bar è **accanto al** commissariato. ｜咖啡廳在警察局的**旁邊**。
accanto a ｜ 旁邊

(3.) La statua è **al centro del** parco. ｜雕像在公園的**中間**。
al centro di ｜ 中間

(4.) Il municipio è **tra** il bar e il ristorante. ｜市政府在咖啡廳和餐廳**之間**。
tra ｜ 之間

(5.) Lo stadio è **dietro** la banca. ｜體育場在銀行的**後面**。
dietro ｜ 後面

(6.) La fermata dell'autobus è **davanti al** palazzo. ｜公車站牌在大廈的**前面**。
davanti a ｜ 前面

國家圖書館出版品預行編目資料

6個月學會義大利語A1 新版 /
Giancarlo Zecchino（江書宏）、吳若楠合著
-- 修訂初版 -- 臺北市：瑞蘭國際, 2025.06
168面；19×26公分 --（外語學習系列；146）
ISBN：978-626-7629-52-9（平裝）
1.CST：義大利語 2.CST：讀本
804.68　　　　　　　　　　　　　114007012

外語學習系列 146

6個月學會義大利語A1 新版

作者｜Giancarlo Zecchino（江書宏）、吳若楠・插畫繪製｜葛祖尹
責任編輯｜葉仲芸、王愿琦
校對｜Giancarlo Zecchino（江書宏）、吳若楠、劉欣平、葉仲芸、王愿琦

義大利語錄音｜Giancarlo Zecchino（江書宏）、Letizia Recupero、Sarah Hu Castillo（胡盛蘭）
義大利語發音之歌編寫｜Massimo Lo Duca
中文錄音｜葉仲芸
錄音室｜采漾錄音製作有限公司
封面設計、版型設計、內文排版｜Sarah Hu Castillo（胡盛蘭）

瑞蘭國際出版
董事長｜張暖彗・社長兼總編輯｜王愿琦
編輯部
副總編輯｜葉仲芸・主編｜潘治婷・文字編輯｜劉欣平
設計部主任｜陳如琪
業務部
經理｜楊米琪・主任｜林湲洵・組長｜張毓庭

出版社｜瑞蘭國際有限公司・地址｜台北市大安區安和路一段104號7樓之1
電話｜(02)2700-4625・傳真｜(02)2700-4622・訂購專線｜(02)2700-4625
劃撥帳號｜19914152 瑞蘭國際有限公司
瑞蘭國際網路書城｜www.genki-japan.com.tw

法律顧問｜海灣國際法律事務所　呂錦峯律師

總經銷｜聯合發行股份有限公司・電話｜(02)2917-8022、2917-8042
傳真｜(02)2915-6275、2915-7212・印刷｜科億印刷股份有限公司
出版日期｜2025年06月初版1刷・定價｜550元・ISBN｜978-626-7629-52-9

◎ 版權所有・翻印必究
◎ 本書如有缺頁、破損、裝訂錯誤，請寄回本公司更換

PRINTED WITH SOY INK　本書採用環保大豆油墨印製